十字星
십자성
전왕의 검

십자성-전왕의 검 2

허담 新무협 판타지 소설

초판 1쇄 찍은 날 § 2015년 11월 10일
초판 1쇄 펴낸 날 § 2015년 11월 17일

지은이 § 허담
펴낸이 § 서경석

편집책임 § 박가연
디자인 § 신현아

펴낸곳 § 도서출판 청어람
등록번호 § 제387-1999-000006호
등록일자 § 1999. 5. 31
어람번호 § 제2-2608호

주소 § 경기도 부천시 원미구 부일로 483번길 40 서경B/D 3F (우) 14640
전화 § 032-656-4452 팩스 § 032-656-4453
http://www.chungeoram.com
E-mail § chungeorambook@daum.net

ISBN 979-11-04-90505-6 04810
ISBN 979-11-04-90503-2 (세트)

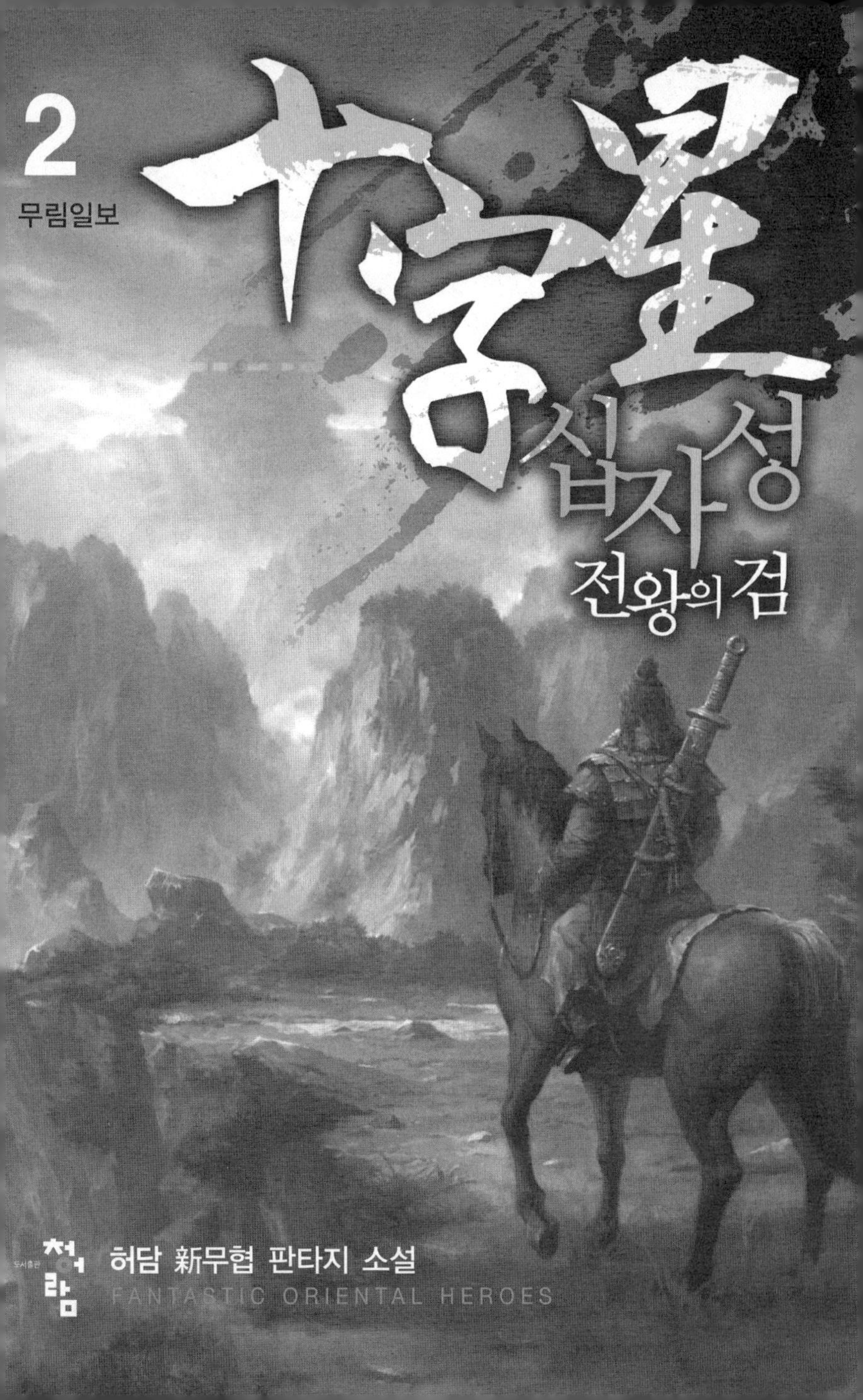
2
무림일보
十字星
십자성
전왕의 검
도서출판 청어람
허담 新무협 판타지 소설
FANTASTIC ORIENTAL HEROES

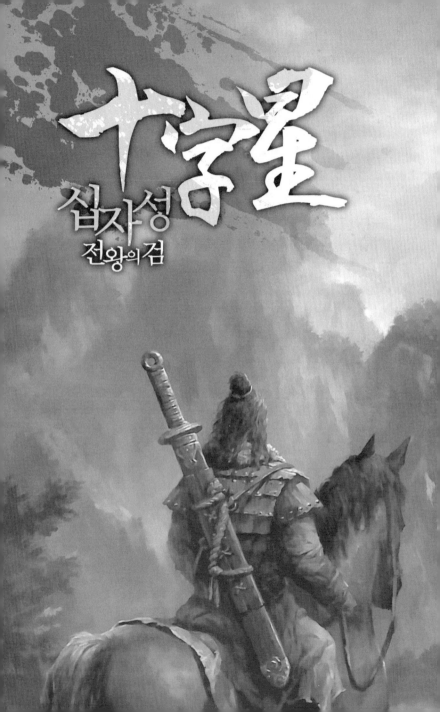

제1장
아버지의 검

"세상에서 가장 강한 자 중 하나가 되는 일에 대해 어떻게 생각하느냐?"

'이 늙은이가 누굴 놀리나?'

적풍이 의천노공 우서한을 노려봤다.

"장난이 아니다. 진지하게 제안을 하는 것이지."

"당신이 뭐가 아쉬워서 말이오?"

"내가 독에 중독되었어. 그래서 내 대신 강호에 나가 일을 해 줄 사람이 필요해."

우서한의 말에 놀란 사람은 정작 적풍만이 아니었다. 오히려 그의 곁에 있던 허소월이 더 놀랐다.

누가 뭐래도 적풍은 위험한 인물이다. 아무리 허소월이 적풍을 좋아한다 해도 그 사실은 변하지 않는다.

그래서 우서한이 그에게 만년한철로 만든 쇠사슬을 발목에 묶어 뇌옥에 가둬둔 것이 아니던가.

그런데 그런 적풍에게 자신이 독에 중독되었다는 사실을 거리낌 없이 말하는 우서한의 행동을 허소월은 이해할 수 없었다.

"그래서 나보고 일을 대신 해라? 그 대가로 세상에서 가장 강한 사람으로 만들어주겠다?"

"세상에서 가장 강한 사람이라고는 하지 않았다. 가장 강한 사람 중에 하나라고 했지."

"어쨌거나. 그런데 두렵지 않소? 강해진 내가 독에 중독된 당신을 죽일지도 모르는데?"

"그럴 일은 없다."

우서한이 빙그레 미소를 지으며 말했다.

"날 믿는다는 거요?"

"사람을 어찌 믿노? 차라리 미물을 믿지."

"고맙구려. 그래도 날 괴물이 아니라 사람 취급 해줘서."

"애초에 사람인 것을, 단지 조금 특별한 사람들일 뿐이지. 이 골마족이란 이름은 그저 두려움이 만들어낸 말일 뿐이고……."

"어쨌거나 날 믿지 못하면서 내가 당신을 죽이지 않을 거라고 어떻게 장담하시오?"

"내가 널 세상에서 가장 강한 사람 중 하나로 만들어주겠다고 했지?"

"그렇소."

"그 강한 자들을 내가 죽일 수 있거든."

"하지만 당신은 독에……."

적풍이 말을 하다 말고 입을 닫았다.

그 순간 그는 우서한의 눈을 보았던 것이다. 우서한의 눈이 그의 말이 거짓이 아님을 증명하고 있었다.

그가 독에 중독되었든, 혹은 사지가 잘렸더라도 상관없었다. 그의 눈빛을 본 사람이라면 그의 말처럼 어떤 상황에서도 그가 세상에서 가장 강한 자들을 죽일 수 있다는 것을 믿을 수밖에 없을 것이다.

그건 마치… 신과 같은 눈이었다.

"당신은… 정말 생각보다 훨씬 무서운 사람이구려."

적풍이 혼잣말처럼 중얼거렸다.

"맞아. 난 무척 독한 사람이다. 마음이 서면 누구라도 죽일 수 있지."

"그럼 독에 중독된 것이 크게 문제가 되지 않을 텐데?"

"문제가 된다. 난 이곳을 떠날 수 없으니까."

"왜 말이오?"

"할 일이 있으니까. 독에 중독되지 않았다면 두 가지 일을 동시에 할 수 있지만 지금은 아니다. 그리고 난 세상의 일보다 이곳의 일이 더 중하구나."

"그 말은 날 세상에 보내주기까지 하겠다는 말이오?"

"네가 자격을 증명한다면."

"자격?"

"말했듯이 세상에서 가장 사람 중 하나가 되는 것이 그 자격이다. 하겠느냐?"

우서한이 정색을 하며 물었다.

"흐흐흐, 나야 손해날 게 없는데 왜 안 하겠소."

"좋아. 그럼 거래는 성립됐다. 난 널 강한 놈으로 만들어주고 넌 내 일을 대신 한다. 물론… 약간의 조건이 더 붙기는 할 거야. 하지만 그건 그리 중요한 문제는 아니니까."

"세상을… 내 마음대로 주물러도 되오?"

적풍이 물었다.

"마음대로. 하지만 분명 한계가 있다. 네 아버지는… 그 한계를 넘어서려 했기에 모든 것이 틀어졌지."

우서한은 더 이상 말하지 않았다. 아마도 그건 오직 그만이 알고 있는 비밀일 터였다.

그 한계란 것이 뭔지 무척 궁금해지긴 했지만 지금으로썬 그걸 물을 처지가 아니었다.

일단 기회가 생긴 것만으로도 그에겐 행운이었다. 괜히 늙은이의 심기를 건드려 지금의 기회를 놓치고 싶지 않은 적풍이었다.

"내게 어떤 무공을 가르치시려오?"

의천노공 우서한이 전수하는 무공이다. 기대가 되지 않을 수 없었다.

"넌 월문의 제자가 아니니 내 무공을 배울 수 없다. 그럴 필요도 없고……."

"그럼 무슨 신공절학의 비급이라도 주시려오?"

"그도 아니다."

"젠장, 지금 누굴 놀리시오?"

"무공은 지금 가지고 있는 것만으로 충분하다. 유령마군 사혼의 무공이라면 나쁘지 않지."

그간 월문의 이야기만 들은 것은 아니었다. 적풍 역시 그가 살아온 이야기를 토해낼 수밖에 없었는데 그 때문에 우서한도 적풍의 무공이 유령사군 사혼의 것임을 알고 있었다.

"그럼 도대체 뭘 해주겠다는 거요?"

적풍이 짜증 나는 목소리로 물었다.

"뭘 주진 않겠다. 다만 네가 본래부터 가지고 있던 것을 찾게 해주겠다."

"신력을 말하는 것이오?"

"그렇다."

"그거라면 이미 잘 쓰고 있소. 설혹 당신 말처럼 내가 내 잠력 모두를 끌어 쓸 수 있다 해도 그 힘이 절대지경에 이른 고수의 내공만 하겠소?"

"아니. 넌 아직 네 피에 흐르는 진정한 신력을 모르고 있다. 난 네게 그걸 깨닫게 해주겠다. 그 힘을 깨닫고 나면… 넌 아마도 나와의 약속을 깨려 할지도 모른다. 날 죽이려 들 수도 있는 힘이니까. 그러니 이 일은 내게도 모험이다. 그러나 명심해라. 내가 누구든 죽일 수 있는 수단이 있다는 것을!"

"그런 협박까지 해대다니. 흐흐, 생각보다 절박하시구려."

"물론 난 절박하다. 그러니 내 제안을 수락하는 거지?"

"좋소, 해봅시다. 어떻게 하면 나도 모르는 내 힘을 찾을 수 있소?"

적풍이 묻자 우서한이 몸을 일으켰다. 그리고 허소월에게 말했다.

"가져오너라!"

허소월이 급히 뇌옥을 나가 가져온 것은 반 장 정도 길이의 검은 나무상자였다.

나무상자는 평범한 듯 보였지만 자세히 보면 그 자체에서 현기가 느껴지는 듯도 싶었다.

그런데 더 이상한 것은 적풍 자신이었다.

나무상자가 눈앞에 다가오자 이상하게도 적풍의 가슴이 두근거리기 시작했다. 그 안에 무엇이 들었는지도 모른다. 그런데 그 투박하고 검은 나무상자가 적풍의 가슴을 뛰게 만들었다.

우서한이 허소월에게서 나무상자를 건네받았다. 그러고는 조심스럽게 상자를 열었다.

순간 가뜩이나 어두운 뇌옥 주변이 더욱 어두워졌다.

그러면서도 사물은 또렷하게 보인다. 그러니 정말 세상이 어두워진 것은 아닌 것이다. 단지 상자에서 나온 물건으로 인해 눈이 그런 착각을 일으켰을 뿐이다.

"검이구려."

적풍이 우서한의 손에 들린 투박한 검은색 검에서 눈을 떼지 못하고 말했다.

"그렇다. 아주 특별한 검이지."

　우서한이 적풍의 반응을 세세하게 살피며 대답했다.

"어떤 검이오?"

"이 검은 그 주인에 따라 아주 여러 가지 이름으로 불려왔다. 사자(獅子)의 검이라고 부르던 시대노 있었고, 또 어느 시대에는 마룡의 검이라고도 불렸다. 이 시대에서는 전마의 검이라는 것이 더 어울리겠지만… 그러나 본래의 이름은 전왕의 검이다."

　참 여러 가지 이름을 가진 검이구나 싶다. 하지만 그중 전마의 검이라는 이름이 귀에 들어온다.

"…아버지의 검이란 말이오?"

"그렇다. 그의 검이다."

"후후, 생각보다 욕심이 많구려. 사람을 죽였으면 그뿐이지 그의 유물까지 취하다니."

　적풍이 비릿한 웃음을 흘렸다. 죽인 자의 병기를 취하는 것은 헛된 명예욕에 물든 자들이나 하는 짓이라고 생각하는 적풍이었다.

"내가 취한 게 아니다. 그가 준 것이지."

"……?"

"그가 널 내게 부탁했다는 말을 했지?"

"그 부탁을 받고 당신은 이렇게 날 잘 가둬두지 않았소?"

"후후, 그 부탁을 받을 때만 해도 그는 내가 그를 공격할 것이란 걸 몰랐지. 나 역시 무척 망설이고 있었고. 하지만 어쩔수 없었다."

"변명은 집어치우고 검 이야기나 계속해 보시오."

"하긴, 무슨 말로 변명하랴. 내가 그를 쏜 것만이 진실일 뿐이지. 아무튼 그는 내게 널 부탁하면서 이 검도 함께 주었다. 네게서 적가의 흔적… 그러니까 신혈족의 특성이 드러나면 전해주라고 했지."

이상한 감정이 들었다.

자신을 아주 잊은 것은 아닌 모양이다라는 안도감 같은 것이었다. 버림받았다는 비참함이 조금은 위로되는 느낌이었다.

"그 검이 내게 힘을 준다는 것이오?"

적풍이 마음이 흔들리는 것을 감추려는 듯 급히 물었다.

"그렇다."

"당신이 두려워할 정도의 힘을?"

적풍이 믿을 수 없다는 듯 다시 물었다.

"그렇다."

우서한이 짧게 대답했다.

"대단한 명검인 모양이구려."

"명검이지. 네가 생각할 수 없는 신묘함을 지닌 검이다. 또…무서운 검이기도 하다."

"한번 봅시다."

적풍이 손을 내밀었다. 그러자 우서한이 고개를 저었다.

"가져가는 것은 네 몫이다."

"그건 또 무슨 소리요?"

적풍이 놀림을 당한 듯 얼굴을 찌푸리며 묻자 갑자기 우서한이 뇌옥으로부터 삼 장 정도 멀어지더니 암석 바닥에 그대로 검을 꽂아 넣었다.

픽!

마치 부드러운 흙 속에 박히듯 검이 그대로 암석을 뚫고 들어갔다. 거의 두 자 가까이 암석을 파고 들어간 검은 단단한 쇠말뚝처럼 곧게 섰다.

"이 검을 네 손에 넣어라. 그러면 넌 세상이 두려워하는 힘을 가질 것이다."

"지금 날 놀리는 거요?"

적풍이 우서한을 노려보며 이를 갈았다.

"네가 네 핏속에 흐르고 있는 신혈의 힘, 그중에서도 네 아버지 전마의 힘을 깨울 수 있다면, 그래서 그 힘을 유령마군의 천지밀법에 녹여낼 수 있다면 그때 넌 이 검을 손에 넣을 수 있을 것이다. 이 검이 네 손에 들어가면 네 발목에 채워진 그 만년한철의 쇠사슬도 끊을 수 있겠지. 그때… 너와 나의 거래를 다시 이야기하자꾸나."

"그런 말을 하는 걸 보니 별로 급하지 않은 모양이구려."

"무슨 소리냐?"

"세상일을 나에게 맡기려는 것 아니었소? 그런데 그런 뜬구름 같은 소리나 하고 있으니 말이오. 아마 한 백 년쯤 수련하면 가능할지도 모르겠구려."

"백 년이 걸려도 상관없다. 그때 다시 거래를 하면 그만이니까."

"당신이 그때까지 살아 있겠소?"

"뭐… 아주 가능성이 없는 것도 아니나 혹 내가 죽는다고 해도 소월이 있으니 걱정할 것은 없지. 그리고 백 년씩이나 걸리겠느냐? 누가 뭐래도 넌 전마 적황의 아들이다. 이미 신혈족의 힘을 사용할 수 있고. 그 정도라면… 내일이라도 네 힘을 깨달을 수 있을 것이다."

우서한이 자신있게 말했다.

"나보다 날 더 잘 아는 것 같구려."

"지금은 그럴지도 모르지. 어쨌거나 운기를 하듯 검에 집중해라. 저 검은… 살아 있는 영물과 같다. 검과 교감을 하는 것이 네가 네 힘을 깨닫는 가장 빠른 방법이다."

우서한의 말에 적풍이 시선을 돌려 암석에 박혀 있는 검은 검을 바라봤다.

"전왕의 검이라고 했소?"

"그렇다. 전사(戰士)를 위해 만들어진 검이지. 전마의 힘 오할은 바로 저 검에서 나왔었다. 그래서… 사실 많이 망설였다. 검이 새로운 주인을 만났을 때 세상이 어찌 될지 나도 알 수 없으니까 말이다."

"모험을 할 만큼 다급한 거요?"

"사형과… 염화마군 철륵이라면 날 조급하게 만들 수 있지."

"철룩?"

"그런 자가 있다. 전마만큼 무서운 자가!"

우서한의 표정에서 적풍은 두려움을 봤다. 우서한 같은 자가 누군가를 두려워한다는 것은 믿을 수 없는 일이다. 그런 자는 도대체 얼마나 강한 것일까.

"다행히 그는 본래의 힘을 모두 쓰지 못할 것이다. 그에게는… 사자의 검이 없으니까. 아무튼 그래도 위험한 자지."

"내가 검을 손에 넣지 못하면 어쩔 것이오?"

"후후후, 착각하지 말거라. 네가 유일한 대책은 아니니까. 그저… 조금 빠르게 쓸 수 있는 대책이길 바랄 뿐이다. 네가 안 되면 다른 대안을 만들면 그만이다. 난… 월문의 법황이다."

"하긴… 당신이 독에서 자유로워지면 내가 필요 없겠지."

적풍이 고개를 끄떡였다.

"뭐, 그렇긴 하지만 그래도 네가 있으면 나쁠 것이 없다. 나로선 번거로운 세상일에 관여하지 않아도 되니까. 더군다나… 사형을 상대하는 일은 참 껄끄러운 일이거든! 아무튼… 운이 닿기를 바라마."

우서한이 빙그레 미소를 지어 보이고는 신형을 돌려 뇌옥을 떠났다.

*   *   *

두 해인가 세 해인가…….

적풍은 세월의 길이를 알지 못했다.

그새 또 한 번의 겨울이 찾아왔다.

북방의 겨울은 일러서 여름인가 싶었던 계절이 금세 겨울로 변했다. 호수의 가장자리는 얼어서 그 위에 눈이 쌓였다.

이상한 것은 호수 중심은 얼지 않는다는 것이었다. 날씨는 충분히 추웠다. 다른 호수라면 호수 전체가 두껍게 얼어야 할 정도의 날씨였다.

그럼에도 검은 사자들의 무덤으로 불리는 호수의 중심은 여전히 맑은 물결을 일렁이고 있었다.

그 물 위에 눈이 떨어지고 있었다. 수면에 떨어진 눈송이들은 닿자마자 녹아 다시 호수물이 되었다.

우서한은 그 호수 중심에서 겨울 낚시를 즐기고 있었다. 그가 드리워 놓은 낚싯줄이 물결에 따라 이리저리 흔들렸다.

가만히 고인 물에서 하는 낚시지만 마치 흐르는 물에서 하는 것처럼 낚싯줄이 산만하게 움직였다.

"사부님, 식사하세요."

한참 동안 낚싯줄의 움직임을 지켜보고 있던 우서한의 등 뒤에서 허소월의 목소리가 들렸다.

허소월은 얼어붙은 호수로는 들어오지 않고 눈 쌓인 강변에 선 채 우서한을 불렀다.

"벌써 밥때가 되었나?"

우서한이 하늘의 해를 한 번 가늠해 보고는 낚싯줄을 걷었다. 그런데 기이하게도 낚싯줄 끝에는 낚싯바늘이 없었다. 대신

뭉툭하게 생긴 돌덩이 하나가 매달려 있을 뿐이었다.

"어렵구나. 이런 식으로 언제나 문(門)의 변화를 모두 읽어낼 수 있을지… 하긴 영원히 모르는 것도 나쁘지는 않아."

우서한이 가볍게 한숨을 쉬고는 낚싯대를 어깨에 걸치고 얼음 위를 걷기 시작했다.

"오늘도 한 마리도 못 잡으셨어요?"

우서한이 강변에 이르자 허소월이 물었다.

"녀석, 내가 무슨 일을 하고 있는지 알고 있지 않느냐?"

"헤헤, 그냥 농담이에요. 그런데 일은 어떻게 되어가세요?"

"쉽지 않구나."

우서한이 고개를 저었다.

"진법이 스스로 변화를 일으키다니 신기한 일이에요."

"애초에 수맥을 이용한 진법이었는데 수맥의 흐름이 변했으니 진법 또한 변하는 것은 당연한 일이다."

"영원히 풀 수 없는 것 아닐까요?"

"그럴지도 모르지."

"그럼 어쩌죠?"

"뭐… 나쁠 건 없다. 우리 문지기 입장에서 보자면 문이 사라진 것이나 마찬가지니 이 업(業)에서 벗어날 기회기도 하지."

"에이, 그렇다고 문이 사라지나요? 문이 있는 한 문지기도 있어야죠. 열지 못한다고 해도……."

"그런가?"

"그럼요. 당연하죠."

"아무도 열 수 없는 문을 지켜야 한다는 거냐?"

우서한이 조금 우울한 표정으로 허소월을 돌아보며 물었다.

"문이 있는 한 그래야 하는 것 아닌가요?"

허소월이 되물었다.

"그런 건가? 꼭 그래야 하는 건가?"

우서한이 눈살을 찌푸리며 중얼거렸다.

"그런데… 아주 방법이 없는 건가요?"

"뭐가 말이냐?"

"진과 기관의 변화를 알아내는 일이요."

"음… 한 가지 경우에는 수월할 수 있지."

"뭔데요?"

"천기자의 후손을 만난다면 일이 수월해질 거다."

"천기자의 후손이 있나요?"

"내가 아는 한 없다. 한 사람 가능성이 있던 자는 오래전에 죽었지. 검은 사자들의 시간이 시작되려던 그때에 말이다."

"어떻게요?"

"글쎄… 그건 별로 말하고 싶지 않구나."

"설마……?"

"그래 맞구나. 나도 관련이 없다고는 할 수 없다."

"에이… 살리지 그러셨어요?"

"후후, 당시에는 그의 야심이 더 문제였으니까. 그때는 천기자와 밀교의 문이 단단했거든. 무척 안정적이었다."

"휴. 어쨌든 지금은 없다는 거군요."

허소월이 실망한 표정으로 말했다.

"하지만 세상에 절대라는 것은 없다. 그의 후손이 세상에 존재하지 않을 거라고 확신할 수는 없으니까. 어딘가엔 있겠지."

"그럼 왜 지금껏 나타나지 않았을까요?"

"천기자의 피를 이어받았다면 당연히 세상에 나서기 싫었을 테니까. 그의 죽음을 알았다면 더더욱… 그 가문은 대대로 숨어 살길 좋아하거든."

"그래도 사부님은 계속 이 일을 하실 건가요?"

"그래야지. 네 말대로 이것이 우리의 업이니까."

"지루한 일이에요."

허소월이 두 손을 들어 올리며 말했다.

"아니다. 자세히 알고 보면 세상에서 가장 재미있는 일이란다."

"그런가요?"

"그럼! 그러니까 내가 백 년이 넘게 이 일을 하고 있지."

"저도 그렇게 되었으면 좋겠어요."

허소월이 동경하는 눈으로 우서한을 보며 말했다.

"녀석, 너만이 이 일을 이어받을 수 있을 게다. 그나저나 그놈은 어쩌고 있노?"

우서한이 물었다.

"여전해요. 가만 보면 아주 게으른 사람이에요."

허소월이 눈살을 찌푸리며 말했다.

"그를 좋아하지 않았느냐?"

"이젠 싫어지려고 그래요. 도통 진지한 면이 없어요. 매일 농이나 하고… 아주 포기한 건 아닐까요?"

허소월이 물었다.

"글쎄다. 내가 아는 적씨의 피는 절대 포기란 걸 모르는데……."

"그럼 왜 그럴까요? 매일 뒹굴뒹굴……."

"나름대로 생각이 있겠지."

"벌써 삼 년이 다 되어가요."

"쉬운 일은 아니니까."

우서한이 뇌옥이 있는 초가 뒤쪽의 동굴을 바라봤다. 그의 눈에도 언뜻 초조한 기운이 엿보였다.

검(劍)이 움직였다.

적풍은 그 순간 알아챘다. 검을 움직이는 것은 단전에 쌓인 공력의 힘이 아니라 자신이 애초에 가지고 있던 선천적이 기운이라는 것을. 그의 눈에서 흘러 나간 검은 기운이 검에 닿는 순간 분명 검이 움직였던 것이다.

"감응의 문제라는 건가? 그럼 실망이군."

적풍이 나직하게 중얼거렸다.

실마리를 풀기는 했으나 그 실마리가 그가 기대한 것과는 완전히 다른 것이었다.

적풍은 검을 움직이는 것이 절대의 신공과 같은 강력한 힘일

거라고 기대하고 있었다. 우서한의 말대로라면 그 힘이 그의 몸 어딘가에 내재되어 있어, 힘을 깨우는 순간 절대지경의 고수와도 겨룰 강력한 존재가 될 거라 생각했었다.

그런데 검은 그런 절대적인 힘이 아니라 그의 선천적인 기운에 의해 움직였다. 물론 그 기운을 검이 있는 곳까지 흘려보내는 것이 쉬운 것은 아니었다.

유령마군이 전수한 천지밀법의 내공을 모두 끌어내고도 구역질이 날 만큼의 정신력을 일으켜야 가능한 일이기는 했다.

그러나 어쨌든 그건 결코 그가 생각했던 절대의 힘은 아니었다.

"늙은이가 거짓말을 할 사람은 아닌 것 같은데……."

적풍이 기운을 풀어버리며 중얼거렸다.

기운을 풀자 검은 다시 암벽 바닥에 단단히 박혀 움직이지 않았다.

적풍이 뇌옥에 벌렁 드러누워 이리저리 몸을 굴렸다. 얼핏 보면 게으름뱅이의 허튼 몸짓으로 보이지만 사실은 풀리지 않은 수수께끼를 풀어내기 위한 몸부림이나 다름없었다.

그러다가 적풍이 불쑥 몸을 일으켰다.

"일단 놈을 손에 잡아보자고!"

적풍이 가부좌를 틀고 앉으며 안광을 번뜩였다. 그리고는 안력을 집중해 검을 바라보기 시작했다.

한순간 그의 눈이 검게 물들어가기 시작했다. 이골마족의 사냥꾼들이 쫓는 바로 그 증거의 현상이다.

스으으!

실제로 소리가 난 것은 아니지만 검은 기운들이 안개 밀려가는 소리를 만들어내는 듯싶었다.

순식간에 검은 기운이 연무처럼 적풍의 몸을 휘감았다.

생각해 보면, 적풍은 알아채지 못했지만 이 또한 변화라면 커다란 변화였다. 지난 시간 동안 검과 자신의 몸, 그리고 천지밀법에 집중하면서 적풍이 흘려내는 검은 기운은 그 이전과는 비교할 수 없을 만큼 풍성해지고 또한 짙어져서 언제부턴가는 오히려 투명한 빛을 띨 정도였다.

적풍의 손이 자연스럽게 허공으로 올라왔다. 그리고 손가락 끝으로 삼 장 밖에 꽂혀 있는 검을 가리켰다.

그러자 그의 몸을 휘감고 있던 검은 기운들이 마치 살아 있는 생물처럼 그의 손짓을 따라 검을 향해 이동했다.

스으으!

이번에는 정말 미세한 소리가 일어났다.

그 소리에 맞춰 검은 기운들이 가볍게 검을 감쌌다. 그 즈음 적풍의 이마에 땀이 맺히기 시작했다.

검은 기운을 몸 밖으로 끌어내 삼 장 밖까지 보내는 데는 막대한 공력과 심력이 필요했다.

"후욱!"

적풍이 숨을 한 번 크게 들이마셨다.

그러자 검을 휘감은 검은 기운이 잘게 요동쳤다. 순간 암벽 바닥에 단단히 박혀 있던 검이 흔들리기 시작했다.

"후욱!"

적풍이 다시 한 번 숨을 크게 쉬었다. 그러자 거짓말처럼 검이 암석 바닥에서 쑥 뽑혀 올라 허공으로 붕 떠올랐다.

허공에 떠오른 검은 잠시 멈춘 듯하다가 무서운 속도로 적풍을 향해 날아왔다.

탁!

"헉!"

검을 낚아채는 순간 적풍의 입에서 격한 신음이 터져 나왔다.

"이런 젠장!"

적풍이 욕설을 내뱉으며 검을 떨쳐 내려 했다. 그러나 이상하게도 검은 적풍의 손바닥에 달라붙어 떨어질 줄을 몰랐다.

분명 검을 잡고 있는 것은 적풍의 손이지만 오히려 그 손을 장악한 것은 검이 되어버린 형국이었다.

그것만이 아니었다.

검이 손에 붙은 그 순간부터 적풍은 자신의 기운들이 일제히 검을 향해 쏟아져 들어가는 것을 느꼈다.

그건 마치 그의 몸에 있는 모든 피가 빠져나가는 듯한 경험이었다. 이대로 두었다가는 모든 정혈이 검으로 빨려 들어가 적풍 자신은 빈껍데기만 남을 것 같다는 두려움이 일어났다.

"이놈!"

적풍이 욕설을 내뱉으며 천지밀법을 운기했다. 모든 심력과 정력을 천지밀법에 쏟아 넣어 검의 기운에 대항하려는 적풍의 의도는 그러나 속절없이 좌절됐다.

쏴아아!

천지밀법으로 내공을 끌어 올리면 올릴수록 오히려 검으로 빨려 들어가는 정혈은 배가되었다.

"죽나?"

적풍의 입에서 허탈한 음성이 흘러나왔다. 감당할 수 없는 상황에 적풍이 천지밀법이고 뭐고 모든 공력을 풀어버렸다.

그건 완벽한 항복이었다. 검에 대한 완벽한 굴복. 그가 경험하고 있는 검의 기운은 인간의 힘으로는 도저히 거역할 수 없는 것이었다.

쏴아아!

"아주 시원하게 빠져나가는구나!"

적풍이 썰물 빠지듯 빠져나가는 정기들을 느끼며 중얼거렸다. 반발을 하지 않으니 고통은 없었다.

오히려 시원한 청량감마저 들었다. 하지만 그 끝이 죽음이란 것은 능히 짐작할 수 있었다.

"제길… 그 노인이 제대로 함정을 판 거야. 아버지란 양반하고 한 약속은 지켜야겠으니 직접 죽일 수는 없었겠지. 그래서… 이런 허무맹랑한 일을 시켜놓고 제풀에 죽어나가게 만든 것이지. 고약한 늙은이!"

적풍으로서는 이 모든 것이 우서한이 계획한 일이라고 생각할 수밖에 없었다.

자신의 손에 피를 묻히지 않고 적풍을 제거하기 위한 간계를 부린 것이 분명하단 생각이었다.

"속은 내가 바보지!"

적풍이 허탈하게 중얼거리며 여전히 검을 쥐고 있는 자신의 손을 내려다보았다.

이미 정기가 빠져나간 손은 백 살 먹은 노인네처럼 볼품없이 변해 있었다. 아마도 그의 얼굴과 몸 역시 그러하리라.

"흐흐, 그래도 이놈 마음에 드네. 아주… 화끈해!"

적풍이 자신의 정혈을 빨아들여서인지 더욱 영롱한 검은빛을 발하는 검을 보며 중얼거렸다.

그리고 그 즈음 더 이상 적풍의 몸에서 빠져나갈 정기가 존재하지 않게 되었다.

"졸립군! 다행이야… 자면서 죽을 수 있으니……."

기묘한 안락함이었다.

죽음을 앞두고 느끼는 이 안락함이 스스로도 이해되지 않았지만 적풍은 그 안락함에 몸을 맡기며 그대로 잠이 들었다.

잠이 들면 영원히 깨어나지 못할 것이라 생각했지만 이 나른한 안락함을 거부하고 싶지 않았다.

"푸우우우!"

한순간 적풍의 입에서 깊은 숨이 흘러나오더니 거짓말처럼 잠이 들었다.

가부좌를 튼 상태였고, 손에는 여전히 검이 들려 있었다.

정혈이 빠져나간 몸은 볼품없이 변해 있었고. 머리색조차 푸석한 백발이었다.

그야말로 오래 묵은 시체 같은 모습으로 그렇게 적풍은 깊은 잠에 빠져들었다.

'참 신기한 일이군. 죽어서도 꿈을 꾸다니.'

적풍은 눈앞에 펼쳐진 요하의 작은 강변 마을을 바라보며 생각했다.

자신이 꿈을 꾸고 있다는 것은 분명하게 인식되었다. 꿈은 현실처럼 생생했다.

어머니와 설루가 보인다. 두 사람은 강변에서 호호거리며 빨래를 하고 있었다.

'저 두 사람이 저렇게 친했었나?'

본래 유하는 설루를 탐탁지 않아 했었다.

도망자의 삶을 사는 적풍에게 지나치게 아름다운 설루는 어울리지 않는다고 생각했던 것이다.

그런데 이 꿈속에서 두 여인은 무척 다정했다.

'꿈은 반대라지만 그래도 꿈속에서라도 친하게 지내니 보기 좋군. 흐흐… 이게 현실이면 얼마나 좋을까.'

적풍이 자신도 모르게 강변의 두 여인을 향해 다가가기 시작했다.

두 여인은 그가 다가오는 것도 모르고 연신 맑은 웃음을 터뜨리며 수다를 떨고 있었다.

'어머니! 루!'

적풍이 소리 내어 두 사람을 불렀다. 그러자 두 사람이 웃음을 멈추고는 적풍을 바라봤다.

그런데 그 순간 갑자기 두 사람의 몸이 하나로 합쳐지더니 아름답던 두 여인이 거대한 야수로 변했다.

'크앙!'

검을 갈기를 휘날리는 산처럼 거대한 사자(獅子)!

두 눈에선 태양 같은 정광이 번뜩이고, 한껏 포효하는 울음소리는 천둥보다도 크다.

그리고 사자가 적풍을 향해 달려왔다.

한입에 적풍을 삼킬 듯 한껏 입을 벌린 사자의 입 속에서 검처럼 번뜩이는 이빨들이 보였다.

'크앙!'

사자가 다시 한 번 천둥 같은 소리를 내며 울부짖었다. 그리고 사지를 결박당한 것 같이 꼼짝할 수 없는 적풍을 한입에 삼켜 버렸다.

"헉!"

적풍이 번쩍 눈을 떴다.

순간 그의 눈에서 섬광 같은 빛이 터져 나왔다. 그 빛은 한순간 뇌옥을 밝게 비추는가 싶더니 거짓말처럼 어둠 속으로 사라졌다.

적풍은 가부좌를 튼 자세 그대로였다. 그의 손에는 여전히 검은빛이 도는 검이 들려 있었고, 사위는 어둠에 쌓인 채 조용했다.

"죽지 않았군."

적풍이 믿을 수 없다는 듯 자신의 손을 내려다보았다. 그의 눈이 다시 한 번 번쩍였다.

손이 달라져 있었다. 잠이 들기 전 백 살 노인의 손처럼 쭈글쭈글하던 손이 본래의 그 강건한 젊은이의 손으로 돌아와 있었다.

"뭐지?"

적풍은 여전히 꿈을 꾸고 있는 것이 아닌가하는 생각이 들었다.

적풍이 가부좌를 풀었다. 그의 발목에 감겨 있던 쇠사슬이 쩔렁거리며 요란을 떨었다.

그 명쾌한 소리가 지금 이 상황이 꿈이 아니라 현실임을 말해주고 있었다.

"무슨 일이 있었던 거지?"

적풍이 손에 든 검을 다시 한 번 내려다보았다. 그러자 조금은 변해 있는 검의 모습이 보였다.

여전히 검은빛이 돌았으나 그 색이 탁해진 느낌이다. 그래서인지 영롱하던 현기가 사라진 듯 보이기는 했으나, 손을 통해 느껴지는 검의 기운은 여전히 강맹했다.

"이놈이 빨아들였던 기운을 다시 뱉어낸 건가? 그런데 전보다 몸이 한결 가벼운걸?"

적풍이 휘휘 검을 휘둘렀다.

웅웅!

묵직한 검음이 일어나며 공기가 검날에 갈라졌다. 검의 무게가 묵직하게 느껴졌지만 부담스럽지 않은 기분 좋은 묵직함이다.

적풍이 걸음을 옮겼다. 그러자 그의 신형이 미끄러지듯 뇌옥을 막아놓은 쇠창살 앞으로 다가갔다.

"이것 참⋯ 제법 무거운 놈들인데⋯⋯."

적풍이 고개를 숙여 자신의 발목을 감고 있는 쇠사슬을 바라봤다. 방금 전 움직임에서 그는 쇠사슬의 무게를 전혀 느끼지 못했다. 마치 쇠가 아니라 비단 천을 감고 있는 느낌이었다.

"힘이 생겼어. 의천노공 그가 거짓말을 한 것은 아니군. 이놈이 내 진기를 빨아들여 자신의 기운과 뒤섞은 후 다시 그 기운을 내게 토해낸 것이군. 신물(神物)이 아닌가!"

적풍이 신기한 눈으로 검을 들어 올렸다.

조금은 투박해 보이는 검이 그의 눈앞에서 검은빛을 자랑하며 서 있었다.

"마음에 들어. 강해 보이는 놈이다. 뭐든⋯ 부술 수 있을 것 같아. 검이 아니라 도끼를 든 느낌이야!"

적풍의 마음속에 불쑥 파괴의 충동이 느껴졌다. 손에 든 검으로 뭐든 부숴 버리고 싶었다.

그리고 그에게는 부숴야 할 것이 있었다.

쐐액!

철컹!

단 한 번의 칼질에 적풍의 발목을 묶고 있던 쇠사슬이 끊어졌다. 절정의 고수도 끊을 수 없다던 만년한철의 쇠사슬이다.

"이제… 자유인가?"

응!

검이 서너 차례 허공을 갈랐다. 그러자 뇌옥을 가리고 있던 쇠창살이 갈대처럼 베어져 나갔다.

뇌옥이 열렸다. 적풍이 한 걸음 내디뎌 뇌옥을 나서려다 말고 걸음을 멈췄다.

"어쩐다?"

적풍이 주춤한 채로 고민에 빠졌다.

"그 늙은이와 다시 한 번 붙어봐? 힘을 가늠해 보는 것으로는 그것만 한 것이 없는데… 하지만 그러다가 다시 붙들려 들어올 수도 있으니."

평소와 달리 적풍의 얼굴에 망설이는 기색이 역력하다. 과단한 성정과는 어울리지 않는 모습이다.

그러나 의천노공 우서한을 두고서는 누구라도 망설일 수밖에 없다.

비록 독에 중독되었다고는 해도 그건 벌써 오래전의 일이다. 그의 비상한 능력을 생각하자면 이미 해독이 되었을 가능성은 충분했다.

그러나 그렇다고 몰래 도주를 하자니 그것 역시 적풍의 성미에 맞는 일이 아니었다.

"흠… 그 늙은이는 위험하긴 하지만 꽤 도움이 되는 자란 말이지. 그리고 거래를 하자고 했으니 당장 죽이진 않을 거야. 흐흠… 좋아. 한번 겨뤄본다. 한 번 지나 두 번 지나……."

적풍이 결심을 굳히고는 가볍게 땅을 찼다. 그러자 그의 신형이 사나운 맹수처럼 동굴을 질주하기 시작했다.

허소월은 초가에 머물며 월문의 비술을 참구하고 있었다.

사부 의천노공 우서한은 오늘도 바늘 없는 낚싯줄을 얼지 않은 호수 중심에 드리우고 물결의 움직임을 살피고 있었으므로 허소월에게는 제법 한가한 시간이었다.

그런데 허소월의 그 평화로운 시간이 한순간 깨졌다.

쿵!

묵직한 땅의 울림이 초옥 뒤에서 들려왔다.

순간 허소월이 번쩍 고개를 들었다. 초옥 뒤라면 동굴이 있는 곳이다.

"무슨 일이 생겼나?"

허소월이 급히 자리를 털고 일어나 초옥 마당을 벗어났다. 그리고 초가 뒤쪽 동굴로 향하려다 말고 돌처럼 그 자리에 섰다.

"저 사람이 어떻게……?"

허소월이 믿을 수 없다는 듯 중얼거렸다. 그의 눈에 검은빛이 감도는 검을 든 적풍의 모습이 보였다.

뇌옥에 갇혀 있어야 할 자가 세상에 나왔으니 놀라지 않을 수 없는 일이다. 그러나 허소월은 금세 침착함을 되찾았다.

"검의 힘을 얻은 모양이구나."

감탄과 우려가 뒤섞인 목소리로 허소월이 중얼거렸다.

그때 마침 동굴을 벗어나 초옥 쪽으로 다가오던 적풍이 허소월을 발견하고는 씩 웃음을 흘리며 소리쳤다.

"꼬마, 밖에서 보니 반갑구나!"

그사이 허소월도 나이를 먹어 더 이상 꼬마라고 부르기에는 어울리지 않는 몸을 가지고 있었으나 적풍은 여전히 꼬마라고 불렀다.

"어떻게 나왔죠?"

허소월이 되물었다.

"설마 몰라서 묻는 거냐?"

"검을 얻었나요?"

"그래. 아주 좋은 검이더구나."

적풍이 검을 들어 보이며 말했다.

"만년한철의 쇠사슬도… 두 치 두께의 철창도 무용지물이던가요?"

"아주 잘 잘리더구나."

적풍이 씨익 미소를 지으며 다시 대답했다.

"그래서 이젠 뭘 할 거죠?"

"일단… 네 사부와 다시 한 번 겨뤄야겠다!"

적풍의 말이 끝나는 순간 그의 신형은 벌써 얼어붙은 호수를 향해 달려가고 있었다.

제2장
하산(下山)

"합!"

적풍이 호기롭게 기합을 터뜨렸다.

하늘을 향해 치켜 올린 검에 한 줄기 빛이 서렸다. 순간 검 주변이 어둑해졌다. 대신 검은 검은빛을 띠면서도 영롱하게 빛났다.

적풍에게 모든 정기를 준 듯하던 검이 진기를 주입하자 다시금 생명력이 꿈틀대는 신검으로 변한 것이었다.

쿵!

검이 두꺼운 얼음을 파고들었다.

콰지직!

검에 격중된 부근부터 호숫가 중심을 향해 강렬한 파열음이 일어나며 얼음이 갈라졌다.

그러자 얼지 않은 호수 중심에서 낚싯대를 드리우고 있던 의천노공 우서한이 눈살을 찌푸렸다.

"싸움 한번 요란하게 거는구나!"

쩌적!

어느새 호수변에서 이어져 온 균열이 우서한의 발밑을 지나갔다.

팟!

우서한이 가볍게 몸을 띄웠다. 그러자 그의 몸이 허공에 반자 정도 떠오르더니 바람에 밀리듯 호숫가를 향해 움직이기 시작했다.

그 순간 적풍의 검이 재차 빙판에 떨어졌다.

쾅!

쩌저적!

다시 한 줄기 균열이 일어나더니 순식간에 호숫가의 얼음들이 수십 개의 조각으로 갈라져 버렸다.

"과연 그의 아들! 얻은 바가 있구나!"

디딜 곳이 사라진 우서한이 얼음 조각 하나를 차고 오르며 말했다.

"다시 한 번 겨뤄봅시다!"

적풍이 얼음 조각들을 차며 호숫가로 날아오는 우서한을 보며 소리쳤다.

"마다치 않겠다. 거래를 하려면 서로 가진 것을 보여야 하니까!"

우서한이 순식간에 강변에 이르렀다. 그러나 그는 쉽게 땅 위에 내려설 수 없었다.

그가 마지막 얼음 조각을 차고 올라 땅으로 향하려는 순간 적풍의 검이 얼음이 아닌 그를 향해 움직였기 때문이다.

쐐액!

적풍의 검에서 흘러나온 검은 기운이 우서한의 허리를 갈라 갔다. 그러자 우서한이 재빨리 낚싯대를 휘둘러 적풍의 검기를 막았다.

쾅!

천둥 치는 소리가 일어났다.

동시에 땅에 내려서려던 우서한의 신형이 뒤로 밀려 나가 다시금 호수 위에 떨어져 내렸다.

툭!

우서한이 제법 넓은 얼음 조각 위에 내려섰다. 비록 조각난 얼음이지만 우서한의 몸무게를 지탱하기에는 충분했다.

"역시 적가의 피는 무섭구나!"

얼음 위에서 물결에 따라 흔들리는 몸을 그대로 놓아둔 채 우서한이 적풍을 보며 중얼거렸다. 그의 얼굴에 약간의 후회가 깃들어 보였다.

"나도 이 정도일 줄은 몰랐소."

"널 죽이지 않은 걸 후회하게 될지도 모른다는 생각이 드는 구나."

"지나간 일에 미련을 둘 사람은 아닌 것 같소만!"

"하긴! 후회한들 무슨 소용이랴! 그런데 언제까지 날 이 얼음 위에 세워둘 거냐?"

"재주가 있으면 땅으로 나오시구려!"

"고약한 놈이로다!"

우서한이 혀를 찼다.

"알아봐야겠소, 내 힘을! 그걸 확인할 상대로 당신만 한 사람이 없지."

적풍이 중얼거렸다.

"죽을 수도 있다."

"누가 말이오?"

"둘 중 하나, 아니면 둘 모두……."

"그런다 한들 당신을 꺾지 못하고 강호에 나가는 것은 의미가 없지. 그래서는 기껏해야 당신의 사냥개 정도밖에는 되지 않을 테니까. 당신을 꺾지 못한다면 차라리 뇌옥에 다시 들어가겠소!"

"그 고집하며… 그 오만함! 어찌 그리 닮았을까!"

"아버지 말이오?"

"그렇다."

"아버지로는 별로지만 사내로는 마음에 드는군."

적풍이 중얼거렸다.

"좋아. 원한다면 끝을 보여주마!"

우서한이 낚싯대를 휘둘렀다. 그러자 낚싯줄이 팽팽하게 당겨지더니 바늘도 없이 커다란 얼음 조각을 휘감아 올렸다.

낚싯대에 매달려 허공에 떠오른 얼음 조각이 크게 원을 그리더니 적풍을 향해 날아갔다.

"잔재주를 다 부리시는 거요!"

적풍이 비웃으며 검을 휘둘렀다. 그러자 그를 향해 날아오던 얼음 조각이 산산이 부서져 나갔다.

그런데 그건 시작에 불과했다.

우서한은 첫 얼음 조각이 적풍의 검에 부서지기 전에 이미 두 개의 얼음 조각을 더 날려 보내고 있었다.

우우웅!

거칠게 회전하며 날아드는 얼음 조각이 처음에는 크게 위협이 되지 않았지만 연이어 날아들자 적풍 역시 표정이 변했다.

쾅쾅!

적풍의 검에 얼음 조각들이 산산조각 나기 시작했다. 그러나 그럴수록 적풍을 향해 날아드는 얼음 조각의 숫자가 많아졌다.

호수는 넓었고, 얼음은 사방에 널려 있었다. 커다란 얼음 조각들이 마치 유성처럼 적풍을 향해 끊임없이 쏟아져 들어왔다.

그 얼음 조각들을 막아내느라 적풍은 우서한을 공격할 기회를 찾을 수 없었다.

"차앗!"

한순간 우서한의 입에서 기합성이 터져 나왔다. 그러자 이번에는 일곱 개의 얼음 조각이 동시에 허공으로 떠올라 적풍을 향해 날아들었다.

적풍이 얼굴을 굳혔다. 이번 공격은 범상치가 않았다. 일곱 개의 얼음 조각들이 일정한 형태를 유지하고 있었다.

한순간 적풍은 얼음 조각이 만든 형태를 기억 속에서 떠올렸다.

처음 그가 우서한을 찾아왔을 때 우서한이 보여주었던 그 사술 같던 무공, 북두현진 바로 그것이었다.

그리고 그 위력은 금세 드러났다. 미처 얼음 조각들이 적풍에게 이르기도 전에 사방에서 적풍의 몸을 조여드는 듯한 기운들이 일어났다.

적풍은 손에 든 검이 만근처럼 느껴졌다. 마치 물속에서 검을 휘두르듯 자유롭게 움직이지 않았다.

"하지만 지금은 달라!"

적풍이 이를 물며 중얼거렸다.

그러고는 몸속에 흐르고 있는 그 기이한 기운, 정신을 잃었다 깨어났을 때 천지밀법의 내공과 함께 뒤섞여 있던 그 강렬한 기운을 일깨웠다.

쩌억!

미처 적풍의 검이 얼음에 닿기도 전에 굵은 얼음이 갈라지는 소리가 터져 나왔다.

그러자 일정한 간격을 유지하고 있던 얼음 조각들이 흔들렸다. 가공할 압력을 만들어내던 북두현진이 흔들리기 시작한 것이다.

"핫!"

적풍의 입에서 다시 짧은 기합성이 터져 나왔다.

쩌저정!

순간 일곱 개의 얼음 조각이 거의 동시에 허공에서 부서져 버렸다. 잘게 부서진 얼음 알갱이들이 사방으로 퍼져 나가며 무지갯빛을 만들어냈다.

무공 대결이라기엔 너무 아름다운 광경이었다.

"이번엔 내 차례요!"

적풍이 몸을 왼쪽으로 틀어 우서한을 향해 달려들며 나직하게 으르렁댔다.

순간 우서한이 훌쩍 뒤로 물러나 적풍과 거리를 벌리며 말했다.

"싸움은 끝났다."

"누구 맘대로!"

"난 이미 땅에 올라오지 않았느냐?"

과연 어느새 우서한은 땅 위에 서 있었다.

"그게 무슨 상관이란 말이오?"

"내가 땅을 밟으면 끝나는 싸움 아니었나?"

"누구 좋으라고 말이오?"

"어쨌든 그만두자. 내가 싸우지 않겠다면 그만인 거지. 설마 날 죽이겠다고 덤빌 건 아니지?"

우서한 다시 몇 걸음 뒤로 물러났다. 그러고는 들고 있던 낚싯대를 휘휘 휘둘러 낚싯줄을 대에 감고는 어깨에 걸쳐 멨다.

이렇게 되니 적풍도 자연히 힘이 빠졌다. 싸움도 장단이 맞아야 흥이 나는데 한쪽에서 힘을 빼버리니 팽팽하던 투기가 눈 녹듯 사라졌다.

"재미없군."

적풍이 검을 거뒀다.

"난 아주 재밌었다. 들어가자. 이제 제대로 이야기를 해보자."

우서한이 걸음을 옮기며 말했다.

적풍이 잠시 우서한의 등을 바라보다 고개를 젓고는 순순히 그를 따라 걷기 시작했다.

두 사람이 초가로 걸어가는 모습을 허소월은 우울한 표정으로 바라보고 있었다. 그러다가 나직하게 중얼거렸다.

"저런 사람을 죽이라고? 어떻게? 내가 무슨 수로?"

"내가 전마에게 파마시를 쏜 이유를 말해줄 수는 없다."

이 문제가 어쩌면 두 사람 사이에 놓여 있는 가장 중요한 문제일 수 있었다.

그 문제를 풀기 전에는 절대 서로를 신뢰할 수 없을 것이기 때문이었다.

"그럼 아마도 난 영원히 당신을 경계하게 될 거요."

적풍이 대답했다.

"그렇겠지. 그래도 상관없다. 그런데 한 가지 사실은 알아줬으면 좋겠다."

"뭐요?"

"그도… 내 행동을 이해했을 거란 것이다. 그는 내 업(業)을 충분히 알고 있었으니까. 날 원망하지는 않을 거라 생각한다."

"그건 본인에게 들어봐야 하는 거고. 그러려면 저승에 가야 하는데 그건 싫고. 그러니 뭐 이렇게 서로 경계하며 살밖에 없겠구려."

"좋다. 더 이상 그 문제에 대해선 말하지 않겠다. 현재의 일이 중요하니까."

"그건 아니오. 과거의 일도 중요하오. 언제가 때가 되면 난 당신에게서 아버지의 빚을 받으려 할 수도 있소. 그러니… 내가 당신을 믿지 않듯, 당신도 날 믿지 마시오."

"후후후, 고맙구나. 그런 충고를 다 해주고."

우서한이 가볍게 웃음을 흘렸다. 그러면서도 별로 적풍을 경계하는 것 같지는 않았다.

"당신의 사형이란 자를 죽이면 되오?"

적풍이 본론으로 들어갔다.

"일이 생각처럼 간단하지 않다."

우서한이 말했다.

"설마 그를 죽이지 말고 살려서 데려오라는 거요?"

"그런 문제가 아니다."

"그럼 뭐요?"

"어쩌다 보니 지금 그는 무림에 필요한 사람이 되었구나. 그가 지금 죽으면 안 돼."

"제길, 그럼 나보고 뭘 하라는 거요?"

"난 네가 그들을 견제할 수 있는 사람이 되길 바란다."

"그들?"

적풍이 되물었다.

그러자 우서한이 잠시 생각에 잠겼다가 입을 열었다.

"지난 몇 년간 강호는 완전히 변했다. 상전벽해랄까."

"사형이란 사람이 무림이라도 제패했소?"

"아직은……."

"어라? 그럼 그럴 수도 있다는 말이오?"

"어쩌면 그리될 수도 있지."

우서한이 고개를 끄떡였다.

"좀 전에 그들이라고 말했는데 그렇다면 사형이란 자를 대적하는 자가 있다는 말이구려."

"역시 똑똑하구나. 그도 그랬지. 과묵하고 패도적이었지만 사실 무척 똑똑한 사람이었지."

전마 적황을 두고 하는 말이다.

"그 양반 이야기는 그만합시다. 당신 말대로 과거의 사람이니."

"알겠다. 아무튼 지난 네가 뇌옥에 있던 시간 동안 강호가 크게 변했다. 북두회가 정식으로 무림 전면에 나섰지만 그들이 세상을 지배하지 못했다."

"북두회가 나섰는데 무림을 장악하지 못했단 말이오?"

놀랄 일이다.

북두회는 천하제일이라는 일곱 개 문파가 모인 세력이다. 그 성격이 다르고, 서로 경쟁하는 사이기에 그저 과거 검은 사자들에게 함께 고난을 겪은 자들의 회합 정도로 모임을 유지하고 있었지만, 그들이 힘을 모아 세상을 향해 포효하면 무림은 한순간에 그들의 발아래 무릎을 꿇어야 정상이다.

그런데 그런 그들이 나섰는데 무림이 그들의 것이 아니라니 놀랄 일일 수밖에 없었다.

"지왕종문이라는 문파가 강호에 나타났다."

"지왕종문? 그런 이름은 들어본 적이 없는데……?"

적풍이 고개를 갸웃했다.

우서한이 입에 올렸다는 것은 그들이 북두회에 대적할 만한 세력이란 뜻일 것이다.

그런 문파가 하늘에서 툭 떨어질 수는 없다. 필시 무림에 깊은 연고가 있는 문파일 테니 무림사에 문외한인 적풍이라도 그 이름을 알고 있어야 했다. 그런데 적풍은 지왕종문이란 문파를 들어본 적이 없었다.

"그들이 북두회와 대립하고 있다."

"그게… 가능한 일이오?"

적풍이 물었다.

"가능한 일이다. 현실이 그러하니까."

"어디서 굴러먹던 자들이오?"

"그들은… 이골마족이다!"

순간 적풍의 표정이 딱딱하게 굳었다.

이골마족이라니. 그동안 북두회에 사냥당해 천하의 이골마족은 씨가 마를 정도였다.

그런데 그 이골마족이 북두회에 대적할 만한 문파를 세웠다니 놀라지 않을 수 없는 일이다.

"정말이오?"

"그렇다. 그러나… 모든 문도가 이골마족으로 이뤄졌다는 것은 아니다. 지왕종문을 일으킨 자, 염화마군 철륵이라 불리는 그자와 아마도 그의 몇몇 수하만이 이골마족일 것이다. 그가 이골마족이란 것을 아는 사람은 많지 않다. 사형과 그 측근 정도일까?"

"이골마족의 존재 자체가 세상에는 비밀이니 당연한 일이긴 한데……"

적풍이 고개를 주억거렸다. 뭔가 미심쩍었다. 그런 능력을 지닌 이골마족이라면 진즉에 사냥을 당했어야 맞다.

"염화마군 철륵은 항주금가를 멸문시키는 것으로 강호에 등장했다. 그러고는 세상에서 사라졌다가 일 년 전 다시 강호에 그 모습을 드러냈다. 지왕종문이라는 문파를 앞세우고 말이다."

"겨우 한 문파로 북두회와 맞선단 말이오?"

북두회 일곱 문파는 현 무림의 지배 세력들을 이끄는 자들이었다.

정천육문의 소림, 북산맹의 천룡문, 오대세가의 남궁세가와 사천당문, 혈마련의 혈궁, 천마맹의 천산마문, 그리고 강호에서

제일 신비로운 문파라는 자하산장. 이 일곱 문파의 회합체인 북두회는 일단 하나의 세력으로 나서기만 한다면 무림의 전부라 해도 과언이 아닌 존재들이었다.

그런데 단 하나의 문파가 어찌 그들과 맞설 수 있단 말인가.

"모두가 믿을 수 없는 그 일이 일어났다. 그래서 강호는 검은 사자들의 시간 이후 최대의 격랑에 빠져들었지."

"싸워보기는 했소?"

싸우지 않고 북두회와 양립하는 존재로 인정받을 수는 없다.

"북두회와의 전면전은 없었지. 하지만 자신들의 힘을 증명하는 데 충분한 싸움은 해냈다. 혈왕 종고를 물러나게 했으니까. 몰락한 항주금가의 이권을 차지하려던 혈왕이 단 한 번의 싸움에 세력 삼 할을 손해 보고 물러났다."

"멋지군."

적풍이 감탄했다.

"철륵이란 자를 만나고도 그런 말이 나올지 궁금하구나."

우서한이 눈살을 찌푸리며 말했다. 그러거나 말거나 적풍은 북두회의 일원인 혈궁을 패퇴시켰다는 점에서 철륵에게 호감이 갔다.

북두회에게 평생 쫓겼으니 당연한 일이었다.

"그가 그렇게 두려운 자요?"

"이렇게 말하지. 북두회에 속한 자들은 정파거나 사파거나 적을 사람으로 생각하지."

"철륵이란 자는 아니란 말이오?"

"그에게 세상 사람은 버러지와 다름없지. 오직 자신이 지배해야 할 존재 말이야."

"흠… 그건 그를 만나보면 알 일이고. 아무튼 내게 부탁할 일이라는 게 혹 그 철륵이란 자와 싸우라는 거요?"

적풍이 마뜩찮은 표정으로 물었다. 철륵과 싸우는 일은 곧 북두회를 돕는 일이기 때문이었다.

"아니다."

우서한의 입에서 의외의 대답이 나왔다.

"그럼 뭘 해주면 되오?"

"그들과 맞설 수 있는 존재가 되면 된다. 굳이 싸울 필요는 없다."

우서한의 말에 적풍의 눈이 가늘어졌다.

"이제 보니 당신은 세상이 어느 누군가의 손에 장악되는 것을 원치 않는다는 것이구려."

"그렇다. 사실 철륵과 싸우는 일은 사형이 해낼 수도 있을 것이다. 철륵이 아무리 강한 자라 해도 사형이라면 그를 제압할 수 있을 것이다."

"그러면 더 좋은 일 아니오? 설마 당신의 사형이 당신을 중독시켰다 해서 그가 세상을 구한 영웅이 되는 것을 막으려는 거요?"

"그래서가 아니다."

"그럼 왜 당신의 사형이 철륵을 제압하는 것을 막아야 하오?"

"왜냐하면… 사형은 철륵보다 더 위험해질 수 있는 사람이니까."

우서한이 고통스런 표정으로 말했다.

"대체 무슨 소린지… 원!"

적풍이 혀를 찼다.

"한 가지를 약속하마. 이건… 정말 큰 거래라고 할 수 있지. 만약, 네가 내 뜻대로 십 년간만 천하의 균형을 유지해 준다면 그때… 음!"

우서한이 나직하게 침음성을 흘렸다.

"그땐 뭘 주겠소?"

적풍이 우서한의 말을 재촉했다.

"네 아버지 전마와 지왕종문을 일으킨 염화마군 철륵이 어떻게 세상에 존재하게 되었는지 그 비밀을 알려주마. 그건… 오직 우리 월문, 그중에서도 법황만이 알고 있는 일이다. 그 비밀을 아는 순간 넌… 너와 네 핏줄에 대한 모든 의문을 알게 될거다."

우서한의 말에 적풍이 투덜거렸다.

"결국 내가 여기 온 목적은 십 년 뒤에나 이뤄지겠구려."

"그때 난 네게 다시 한 번 물을 거다."

"뭘 말이오?"

"그 비밀을 듣고 싶냐고, 듣게 되면 내가 널 향해 죽음의 파마시를 날릴지도 모를 그 비밀을 듣고 싶냐고 말이다. 십 년 동안 고민하거라. 그런 비밀이라도 들어야 할 것인지를!"

봄이 한순간에 밀려왔다. 얼었던 대지가 녹고 얼음이 사라진 호수는 푸른 물결로 일렁였다.

지난겨울, 우서한과의 비무 이후에도 적풍은 한동안 우서한의 초가에 머물렀다.

우서한은 그가 하루빨리 산을 내려가 세상의 일에 관여하기를 바랐지만 적풍은 우서한이 바라는 대로 움직이지 않았다.

그는 느긋했고, 세상이야 어찌 되든 상관없다는 듯 허소월이 해주는 밥을 축내며 엉덩이에 살을 찌웠다.

그렇다고 우서한의 제안을 거절한 것도 아니었다.

어쨌거나 검을 얻었고, 검을 통해 그의 혈통으로 이어지는 힘을 얻었으니 그 값은 해줘야 한다고 생각하는 적풍이었다.

그러나 적풍은 우서한에게 듣고 싶은 말이 많았다. 가장 궁금한 것은 월문의 법황들이 숙명처럼 지킨다는 하나의 문에 대한 비밀이었다.

허소월이 실수로 흘린 말에 따르면 그 문을 월문에선 천기자와 밀교의 문이라고 부른다고 했었다.

적풍이 생각하기에 그 문이 그토록 중요한 것이라면 그 문안에 절대의 기보나 절대신공, 혹은 천하의 마두들을 가둬두었을 수도 있었다.

아니면 적풍이 상상할 수 없는 그 어떤 것이 있을지도 모른다.

그러나 우서한은 자신이 지켜야 하는 그 문에 대해서는 단

한마디도 입에 담지 않았다.

다만 어느 날 적풍에게 진심을 담아 이런 충고를 했다.

"월문이 지키는 문에 대해선 관심을 두지 말거라. 그 문에 관심을 갖는 순간… 너와 난 적이 될 것이다."

그 말에서 적풍은 우서한이 십 년 뒤에나 말해주겠다는 비밀의 한 꼬투리를 짐작했다. 그건 왜 우서한이 그토록 좋아했다던 자신의 아버지 전마 적황을 죽였는지에 관한 실마리였다.

아마도 아버지 적황은 우서한이 지켜야 할 문, 천기자와 밀교의 문이라는 것에 욕심을 냈었을 것이다. 그것이 아마도 두 사람을 파국으로 내몰았으리라.

그래서 적풍은 아버지의 실수를 반복하지 않기 위해 문에 대한 호기심을 접어두기로 했다.

더 욕심을 냈다가는 산을 내려가기도 전에 우서한과 생사결을 해야 할 수도 있기 때문이었다.

대신 적풍은 우서한으로부터 산 아래 세상에 대해 아주 많은 것을 들었다.

천기자와 밀교의 문에 대해 함구하는 대가인지 몰라도 우서한은 그의 사형과 산 아래 월문의 제자들, 그리고 북두회와 이골마족에 대해 많은 것을 알려주었다.

그 덕분에 그 겨울이 지나자 적풍은 호수에 올 때와 다르게 마치 늙은 무인처럼 강호에 대해 해박한 지식을 갖게 되었다.

어쩌면 그건 우서한이 의도적으로 적풍에게 주는 선물이었을 수도 있었다.

단신으로 강호에 내려가 북두회와 지왕종문에 견주는 세력을 만들어내는 것은 결코 쉬운 일이 아니기 때문이다.

단 하나 문제는 여전히 그 이야기들이 모두 진실인가 하는 것이었다. 적어도 우서한에 대한 적풍의 신뢰는 그때까지도 오할을 넘지 못한 상태였던 것이다.

그렇게 한겨울이 지나자 적풍이 드디어 산을 내려갈 결심을 했다.

철썩철썩!

봄바람이 땅으로 물결을 밀어왔다.

적풍은 작은 돛단배에 오르기 위해 호숫가로 걸어갔다.

"오 년… 아니, 어쩌면 삼 년 정도 뒤에 찾아갈게요."

적풍을 따라붙으며 허소월이 말했다. 적풍을 혼자 보내는 것이 못내 아쉬운 모양이었다.

그러나 허소월에게는 아직 수련의 시간이 남아 있었다. 적풍은 허소월이 자신과는 전혀 다른 것들을 수련하고 있다는 것을 알고 있었다.

월문의 무공, 아니, 월문의 법술 혹은 밀교의 술(術)이란 것이 더 어울리는 괴이한 것들이었다.

"날 찾아오면 널 죽일지도 모르는데?"

적풍이 슬쩍 허소월을 돌아보며 말했다.

"농담이 지나치세요."

"농담이 아니다."

"적 대협께서 왜 절 죽여요?"

허소월이 어깨를 으쓱하며 물었다. 허소월은 언제부터인가 적풍을 적 대협이라고 불렀다.

"넌 그의 제자니까."

적풍이 대답했다.

호숫가 한쪽에 의천노공 우서한이 서 있었다.

"사부님과 화해하신 것 아니었어요?"

"아비를 죽인 사람과 어찌 화해할까."

적풍이 퉁명스레 대답했다.

"하지만 사부님이 부탁하신 일을 하러 가는 거잖아요?"

"꼬마, 넌 뭘 오해하고 있구나."

"제가요?"

허소월이 의문스런 눈으로 적풍을 보며 되물었다. 그러자 적풍이 걸음을 멈추고 시선을 돌려 허소월을 보며 말했다.

"내가 세상에 나가는 것은 내가 그걸 원하기 때문이다. 이 일이 반드시 네 사부의 부탁 때문에 하는 것은 아니란 거다. 아마 그의 부탁이 아니었더라도 내게 자유가 주어졌다면 난 이 일을 했을 거다."

그의 말에 허소월이 적풍을 물끄러미 바라보다 말했다.

"적 대협은 야망이 있군요."

"사내가 어찌 야망이 없겠느냐?"

적풍이 가볍게 고개를 끄떡이고는 다시 걸음을 옮겼다. 허소월이 무거운 표정으로 그 뒤를 따라갔다.

"갈 시간이군."

적풍이 다가오자 의천노공 우서한이 묘한 표정으로 적풍을 맞았다.

뭔가 씁쓸한 기운이 엿보인다. 마음에서 우러난 진심으로 기쁘게 적풍을 전송하는 것 같지 않았다.

어쩌면 적풍을 세상에 내보내는 일이 스스로 못마땅한 듯도 보였다.

적풍은 그 표정을 놓치지 않았다.

"지금이라도 잡고 싶은 표정이구려."

"그러고 싶군."

우서한이 마음을 숨기지 않고 말했다.

"하하! 그래도 날 보낼 것이지 않소?"

적풍이 호탕한 웃음을 터뜨리며 물었다.

겨우 이십 대 중반의 청년이 하는 행동은 노련한 중년의 야심가 같다. 그 모습을 우서한이 징그럽다는 듯이 바라봤다.

"가겠소!"

적풍이 훌쩍 배 위로 날아올랐다. 그러자 허소월이 들고 있던 작은 짐을 배 위로 던져 실었다.

며칠간의 요깃거리와 갈아입을 옷가지, 그리고 약간의 금자였다.

"부디 서둘지 말게. 자네가 상대해야 하는 자들은 결코 보통 사람들이 아니네."

"내 걱정은 마시오."

적풍이 노를 저으며 말했다.

"곧 다시 보게 될 걸세."

"언제든!"

적풍이 가볍게 고개를 끄떡이고는 손에 힘을 가했다. 그러자 노가 부러질 듯 휘어지더니 한순간 그가 타고 있던 배가 십여 장 밖으로 밀려 나갔다.

이후부터는 마치 물 위를 달리듯 우서한과 허소월에게서 멀어지기 시작하는 적풍이었다.

"갑자기 무서워져요."

"뭐가 말이냐?"

"그가… 북두회와 지왕종문을 견제하는 정도로 끝낼까요?"

"사실은… 나도 그게 걱정이구나. 하지만 또 그가 세상을 가진들 어떠하냐? 우리 문지기들은 문(門)만 지키면 그만인 것을!"

우서한이 냉정한 표정으로 말했다.

"그가… 마웅(魔雄)이 될까요?"

"그렇지는 않을 거다. 다만 패웅이 될 가능성이 크지. 그것도 세상은 감당하기 힘들 거야."

"뭐… 그리 나쁘지는 않군요."

허소월이 그나마 안심이 된다는 듯 중얼거렸다.

"글쎄 결코 좋은 것만은 아니라니까."

"왜요?"

"패웅은 언제나 도전을 꿈꾸지. 천하를 손에 넣으면 그 이후엔 그가 무엇에 도전하겠느냐?"

"설마⋯⋯? 에이, 그는 문에 대해 제대로 모르잖아요?"

허소월이 고개를 저었다.

"이놈아, 운명은 그리 녹록치가 않은 것이다."

우서한이 말에 허소월의 표정이 어두워졌다. 그의 손이 자연스럽게 허리춤으로 향했다. 짧은 화살이 손에 잡힌다.

파마시다.

허소월이 우서한으로부터 두 개의 파마시를 건네받은 것이 보름 전이었다.

월문 비술에 대한 그의 수련이 파마시를 맡을 만큼의 경지에 이르러 있었던 것이다.

후웅!

배에서 내린 적풍이 산봉우리에 올랐을 때 시원한 바람이 남쪽에서 불어왔다.

적풍은 투박한 검집에 넣은 검은 검, 우서한이 전왕의 검이라 일컫은 그 신명스런 놈을 가슴에 품고 산 아래 세상을 내려다보았다.

호수에 오르기 전 그가 들렀던 작은 마을과 그 너머로 아스라이 천해가 보였다.

그리고 그 남쪽으로는 광활한 초원이다.

갑자기 가슴이 두근거렸다.

"넓구나!"

산 위에서 본 세상은 끝없이 넓었다. 그 초원을 질주하고 싶은 욕망이 불쑥 솟아올랐다.

"천하의 패권? 그런 것은 아무래도 좋아. 난 단지 저 세상을 자유롭게 질주하고 싶을 뿐이다! 그래서 앞을 막는 자는 누구라도 벤다!"

적풍의 눈이 검은 기운으로 물들었다. 그 검은 안광 속에서 요동치는 생기와 세상을 향한 야망이 일렁였다.

*　　　　　*　　　　　*

"서달이란 자의 사자(使者)가 왔습니다."

검은 천으로 온몸을 감싼 자가 늑대 가죽으로 만든 의자에 앉아 수하의 보고를 들었다.

나무 한 그루 찾아보기 힘든 바위 사막 깊숙한 곳에 위치한 동굴 안에서의 일이었다.

"서달이 누구냐?"

사내가 물었다.

"명의 대장군이지요."

"주원장의 수하란 말이군."

"히히, 세상에 새로 탄생한 황제를 그리 부르는 사람은 낭왕밖에 없을 겁니다."

"내 황제는 아니니까. 아무튼 왜 왔다느냐?"

"낭왕께 전할 말이 있답니다."

"그래? 선물이라도 바치려나? 데려와라!"

사내의 말에 그의 수하가 고개를 꾸뻑하고는 동굴 밖으로 나갔다.

"세상이 어찌 변하든 나와는 상관없지. 이곳에서 만큼은 내가 왕이니까. 추격자들을 걱정할 필요도 없고……."

사내가 자신의 궁전과도 같은 동굴을 둘러보며 말했다. 곳곳에 대상(隊商)들로부터 약탈해 온 진귀한 물건들이 걸려 있었다.

동굴이 아니라면 그의 말대로 왕의 방이라 해도 어색함이 없는 공간이었다.

사내가 스스로 이룬 것에 흐뭇해하는 사이 동굴을 나갔던 그의 수하가 갑주를 걸친 세 명의 장수를 데려왔다.

세 명의 장수는 불쾌한 기색으로 사내 앞에 서더니 오만한 목소리로 물었다.

"그대가 혈랑대의 대주인가?"

순간 사내의 볼이 한차례 씰룩였다.

"그런데?"

"혈랑대주는 대명 황제의 명을 받으라!"

세 무장 중 가장 앞에 나선 자가 호령했다.

"대명 황제라… 그가 날 알아?"

"이놈! 무엄하다! 감히 황제께 그런 불경한 말을 하다니. 삼족을 멸하……."

"그만!"

쾅!

혈랑대의 대주라는 자가 자신의 검으로 동굴 바닥을 강하게 내려쳐 장수의 입을 막았다.

"한 번만 더 황제를 들먹여 날 모욕한다면 네놈의 얼굴 가죽을 벗겨주마. 산 채로!"

혈랑대주의 말에 호기롭던 명의 장수들이 당황한 표정을 지었다.

이 버러지 같은 도적놈들이 설마 황제의 군사도 두려워하지 않을 줄은 생각지 못한 일이었다.

"수만 리 떨어진 황제가 너희를 보냈을 리는 없고, 듣자 하니 서달이란 자의 말을 전하러 왔다고? 그럼 할 말이나 하고 돌아가거라. 할 말이 뭐냐?"

사내가 물었다. 그러자 명의 장수가 여전히 당황한 표정이면서도 애써 위엄을 차리며 말했다.

"대장군께서는 황공하게도 그대에게 제국의 장수가 될 기회를 주시겠다고 하셨다."

"그러니까 지금 나보고 명의 군졸이 되라고?"

"대장군께서 말씀하시길 도주한 북원의 황제가 있는 곳을 찾아내면 그대에게 명군의 별장이 될 기회를……."

"됐어. 그만!"

사내가 손을 들어 상대의 입을 막았다.

"듣자 하니 명의 대군이 몽골 왕을 추격해 초원에 들어왔다고 하던데 나더러 그 길잡이를 하라는 말이군."

"……."

틀린 말이 아니기에 명의 장수가 침묵으로 대답을 대신했다.

"몽골 왕의 신세가 가련하게 되었군. 사해를 지배하던 자가 장성을 넘어 도망 와서는 자기 땅에서도 쫓기고 있다니. 쯔쯔!"

사내가 혀를 찼다. 그러다가 명의 장수를 보며 말했다.

"그를 찾아내는 것은 어려운 일이 아니다. 몽골의 기병들이 바람처럼 움직인다지만 우리 혈랑대는 광풍처럼 달리거든. 하지만 조건이 마음에 안 들어!"

"대명제국의 장수가 된다는 것은 너희 같은 마적들에게 하늘이 내려준 행운임을 모른단 말이냐? 그걸 거절하겠다고?"

명의 장수는 정말 이해가 되지 않는 모양이었다.

"행운 같은 소리하네. 명의 장수가 되는 순간 내 발에는 족쇄가 채워지는 것이지. 내가 듣기로 주원장이 황제가 된 후 함께 싸웠던 장수들 여럿을 베었다지?"

"그, 그건……."

"그런 자와는 본래 고난은 함께해도 영화는 함께할 수 없는 거야. 당신들도 정신 차리라고. 아무튼 말이야, 일은 일이니까 내가 제안을 하지. 말 백 필에 금 만 냥을 내라고 해. 그럼 몽골 왕의 숙영지로 안내해 주지."

"그걸 말이라고……!"

"돌아가라! 가서 답을 가져와! 일개 심부름꾼 따위와 말싸움이나 할 내가 아니다!"

사내가 싸늘한 눈초리로 명의 장수를 보며 말했다. 그러자 명의 장수가 반발하려다 말고 입을 닫았다. 아마도 사내의 눈빛에 두려움을 느낀 모양이었다.

"다시 오마!"

명의 장수가 입술을 깨물며 그 자리를 떠났다.

"낭왕! 괜찮겠습니까?"

명의 장수들이 물러나자 혈랑대의 마적 한 명이 혈랑대주라는 자에게 물었다.

"뭐가 말인가?"

"누가 뭐래도 지금 천하는 명의 천하입니다. 그런 자들을 자극한다는 것이……."

"대발, 명의 장수가 되고 싶으냐?"

"그럴 리가요!"

대발이라 불린 사내가 얼른 고개를 저었다.

"그럼 겁이 나는 모양이구나."

"그… 그것이, 명의 대군이라도 몰려오면……!"

"그땐 도망가면 돼. 이 너른 초원에서 우리 혈랑대를 추격할 자들은 없다. 놈들은 몽골 왕도 찾지 못하고 있잖아? 그런데 어떻게 우릴 찾겠는가. 잠시 서쪽으로 이동했다가 놈들이 물러나면 다시 돌아오면 되는 거다. 혹시 그자들이 내가 요구한 조건을 들어주면 그땐 원하는 대로 길잡이를 해주면 그뿐이고……."

"히히, 듣고 보니 정말 그렇군요. 역시 낭왕이십니다."

대발이란 불린 사내가 웃음을 흘리며 대답했다.

"식구들이나 단단히 준비해 두라고 해. 어떻게 되든 한동안 바쁘게 움직여야 할 테니까."

"알겠습니다! 낭왕!"

"말 백 필에 금 만 냥?"

호랑이 눈을 한 장수가 혈랑대주를 만나고 온 장수에게 물었다.

"그렇습니다, 장군!"

"황제의 명을 거역하고?"

"그, 그렇습니다."

"후후후, 마적질이나 하는 놈들이라 세상 돌아가는 것을 모르는군."

호랑이 눈의 장수가 실소를 흘렸다.

"그런데… 그자의 기세가 심상치가 않았습니다."

"겨우 마적 따위에게 겁을 먹은 건가?"

"그런 것이 아니오라… 혈랑대라면 결코 무시할 수 없는 자들입니다."

"놈들이 제법 독한 종자란 것은 알고 있다. 그러나 그 숫자가 얼마더냐?"

"모두 이백 정도라……."

"이곳에 온 우리 군사가 일천이다. 부족하면 더 불러올 수도 있지. 그런데 겨우 마적 이백 따위의 무리와 거래를 하란 말이냐?"

"그, 그렇긴 하지만……."

"그런 놈들을 부리는 것은 생각보다 간단하다. 도적놈들은 제 목숨을 무엇보다 귀중하게 생각하지. 말을 듣지 않으면 몽둥이로 패면 돼. 그중 십여 명 죽이면 당장 말을 듣게 돼 있지. 그게 사냥개를 다스리는 법이다. 시간이 없어! 원정군의 군량이 얼마 남지 않았다. 그 안에 몽골 왕을 찾아내려면 어떻게든 헐랑대란 놈들을 부려야 한다. 내일 모든 병력을 움직여 놈들의 본거지를 포위한다!"

명의 장수가 삼엄하게 명을 내렸다.

제3장
혈랑대

"낄낄낄! 포위라고?"

혈랑대주가 술병을 든 채 킬킬거렸다.

"병력이 일천이 넘습니다."

차가워 보이는 인상의 사내가 냉정한 목소리로 말했다.

"대장이 누구라고?"

"왕계라는 잡니다!"

거친 중년 사내, 대발이란 이름을 가진 사내가 얼른 끼어들며 대답했다.

"율사, 아는 놈인가?"

혈랑대주가 앞서 입을 열었던 차가운 인상의 사내에게 물었다.

"제법 무명(武名)이 있는 자지요. 주원장의 북정에 가장 큰 공을 세운 자는 누가 뭐래도 서달! 그 서달 막하의 맹장으로 서달이 가장 신뢰하는 자 중 하나입니다."

"그래? 사냥할 맛이 나는군."

"조용히 피하는 것이 좋습니다."

율사란 이름을 가진 사내가 냉정하게 말했다.

"그렇게 생각해?"

"서달을 자극할 필요는 없습니다."

"그러니까 지금 산 아래 와 있는 왕계란 자는 잡을 수는 있단 말이지?"

"어려운 일은 아니지요. 하지만 왕계를 잡으면… 서달의 본군이 올 겁니다. 그때는 이곳을 떠날 수 없을 수도 있습니다."

"그래서 이대로 도주를 하잔 말이지? 그런데 적의 포위를 어떻게 빠져나가지?"

"대주, 싸울 핑계를 만드실 때가 아닙니다. 이 석산의 비도는 포위한다고 막을 수 있는 것이 아니지요."

"흐흐, 역시 율사야. 내 속을 자네만큼 아는 사람도 없을 거야."

"잠시 몸을 피하시죠."

"그럼… 그럴까?"

혈랑대주가 미련이 남은 듯 뭉기적거리며 말했다.

"서달의 본군이 오면 문제가 심각해집니다."

"서달이 그렇게 대단해?"

"그도 대단하지만, 정작 걱정은 그와 함께 장성을 넘은 자들입니다."

"무슨 소린가?"

"명의 원정군에 무림인들이 섞여 있다는 소식을 들었습니다."

순간 혈랑대주의 얼굴이 굳어졌다. 지금까지와는 전혀 다른 얼굴이다. 왈패처럼 느껴지던 그가 그 어느 때보다도 냉철하고 날카로운 모습을 보였다.

"어떤 자들인지 들었는가?"

"들리는 소문에 의하면 북산맹의 고수들이라고 합니다."

"북산맹? 그놈들이 왜 초원에 왔을까?"

"본래 북산맹은 주원장이 대도에 입성할 때 제법 힘을 보탰지요. 원이 대도에 있을 때 북산맹도 적지 않게 핍박을 받았기에……."

"그래서 이후에도 명을 돕고 있다?"

"그래서 장성을 넘었다고 보지는 않지만… 뭔가 원하는 것이 있겠지요."

"그게 뭘까?"

혈랑대주가 호기심을 드러냈다.

"그야 알 수 없지요. 하지만 아무튼 그자들까지 이곳에 온다면 싸움은 결코 쉽지 않을 겁니다. 그러니……."

"알았어! 조용히 사라지자고! 모두 준비해. 반 시진 후 이곳을 떠난다!"

쾅!

"없어? 없다고?"

장군 왕계가 대검으로 서탁을 내려치며 소리쳤다.

"그렇습니다. 아마 도주를 한 모양입니다."

수하 장수가 잔뜩 긴장한 표정으로 대답했다.

"도망? 어디로 도망을 갔단 말이냐? 일천의 군사가 석산을 포위하고 있는데. 놈들에게 날개라도 달렸다는 말이냐?"

"아마도 우리가 모르는 비도가 있는 듯합니다."

"찾아! 비도를 찾아서 추격해!"

"이미 찾고 있습니다만……."

"변명은 필요 없다. 놈들을 데려가지 못하면 대장군은 원정군을 돌려야 한다. 무슨 일이 있어도 놈들을 찾아내라!"

"알겠습니다, 장군!"

수하가 겁을 먹은 채 대답을 하고는 장군 왕계의 막사를 빠져나갔다. 그러자 기다렸다는 듯이 한 명의 비장이 들어와 왕계에게 고했다.

"무사부의 전언입니다!"

"무사부? 대장군이 아니라 무사부라고?"

"그렇습니다."

"흥, 대장군께 대접 좀 받는다고 나에게 따로 전언을 해? 하여간 무림의 칼잡이들은 예의가 없어. 그래, 뭐라더냐?"

장군 왕계는 평소 장막에 틀어박혀 음모나 꾸미는 무리라며 원정에 종군한 무림인들을 마음에 들어 하지 않았다.

"지금 혈랑대를 추격 중이라고 합니다. 전군을 몰아 뒤를 쫓으라는……."

"뭣!"

왕계가 화들짝 놀라 소리쳤다.

"지금 뭐라고 했느냐?"

"혈랑대를 추격 중이라고……."

비장이 장군 왕계의 기세에 기가 눌려 말을 얼버무렸다.

"그들이… 이곳에 와 있었다고?"

"아마도 조용히 뒤를 따른 듯합니다."

"이런 간교한 자들! 공을 가로채려 하다니……!"

"어쨌든 다행 아닙니까? 혈랑대의 행적을 알았으니!"

"음, 그렇긴 하군. 그래, 몇이나 왔다더냐?"

"그건 모르겠습니다. 하지만 원정군에 포함된 북산맹 고수의 숫자가 스물을 넘지 않으니 많아야……."

"후후, 그래. 이번 기회에 그자들의 실력을 볼 수 있겠군. 혈랑대의 숫자가 이백, 그런데 그들은 겨우 스물이란 말이야. 흐흠… 그래서 내게 도움을 청한 거군. 하지만 그들의 생각대로 해줄 수는 없지."

왕계가 음흉한 미소를 지었다.

"가지 않으실 겁니까?"

비장이 걱정스레 물었다.

"그럴 수야 없지. 혈랑대 놈들을 놓칠 수는 없으니까. 그러나 잠시 여유를 둔다. 무사부와 그를 따르는 자들의 실력을 내 눈으로 봐야겠다."

"그러다 혈랑대에 당하기라도 하면……?"

"그럼 더욱 좋지. 그들의 오만한 행동을 더 이상 보지 않아도 되니까. 아무튼 포위를 거둔다. 그리고 기병들을 모아라."

"알겠습니다, 장군!"

비장이 대답을 하고는 즉시 막사를 벗어났다. 그러자 왕계가 미소를 지으며 중얼거렸다.

"잘하면 일석이조의 이득을 보겠구만. 후후후!"

"거봐. 도주한다고 모든 일이 해결되는 건 아니잖아?"

혈랑대주가 그의 수하 율사를 보며 투덜거렸다.

석산을 벗어나 초원으로 이어지는 길 위에서 한 떼의 사람이 앞을 막아섰기 때문이었다.

"그래도 일천 군사보다야 낫지요."

율사가 냉정하게 대답했다.

"하긴. 많아야 스물? 그런데… 기도가 심상찮아."

혈랑대주가 경계의 빛을 보였다.

"무인들 같습니다."

"무인들? 그렇다면 원정군을 따라왔다는 그들일까? 북산맹의?"

"아마도 그런 듯합니다."

"음… 좋지 않군. 무림인들은 곤란한데……."

"하지만 우리도 만만치는 않지요."

율사가 대답했다.

"흐훗? 율사 네가 싸움에 욕심을 부리는 거냐? 너답지 않게."

"따돌릴 수 있는 자들이 아닙니다. 무림인들은……."

"그렇긴 하지. 역시… 다 죽여야겠지?"

"그게 좋지요."

"알았어. 그런데 그럼 우리 쪽도 피해가 크겠군."

"저들이 북산맹의 정예 고수들이라면 오늘 혈랑대가 해체될 지도 모릅니다."

율사가 심각한 표정으로 말했다. 그러자 혈랑대주가 나직하게 중얼거렸다.

"아깝기는 하지만 어쩔 수 없지. 저놈들을 모두 죽일 수 있다면… 알잖아? 내 사정."

혈랑대주의 말에 율사가 어두운 표정으로 고개를 끄떡였다.

"그럼 시작해 보자고!"

혈랑대주의 말에 율사가 품속에서 붉은 깃발을 들어 올렸다. 그러자 이백여 명의 혈랑대원이 일제히 말을 몰아 사선의 진(陣)을 형성했다.

일사불란한 움직임이 마치 잘 훈련된 정예 기병 같았다.

진이 형성되자 혈랑대주가 공력 명령을 내리려는데 갑자기 앞에 섰던 무림인들 사이에서 네 사람이 걸어 나오며 소리쳤다.

"잠시 멈춰보라!"

"혈랑대의 길을 막는 자들과 할 말은 없다!"

혈랑대주의 오랜 심복 대발이 호랑이처럼 소리쳤다.

"우린 북산맹의 사람들이다! 피를 보는 싸움은 가급적 피하고 싶다. 혈랑대주가 누구인가?"

북산맹의 고수 중 가장 나이가 들어 보이는 노인이 다시 입을 열었다. 그러자 혈랑대주가 검은 천으로 얼굴을 가린 후 앞으로 나섰다.

"내가 혈랑대주다. 그대는?"

"난 북산맹 천룡문의 이사명이라고 한다!"

"젠장!"

노인이 자신의 이름을 밝히는 순간 혈랑대주 뒤쪽에서 율사가 나직하게 욕설을 내뱉었다.

"천룡문의 이사명… 들어본 이름이야. 검에 인정이 없다지? 그래서 별호가 한검이라던가?"

혈랑대주가 중얼거렸다.

"날 알고 있군. 그렇다면 이 싸움이 얼마나 무모한 것인지도 잘 알겠구나! 또 내 제안을 받아들이는 것이 살길이란 것도 알 것이다."

"제안이라면 몽골 왕을 찾는 것?"

"그렇다."

"그거라면 난 언제나 같은 조건이지. 말 백 필에 금자 만 냥! 못 들었나?"

"물론 그 이야기는 들었다. 그래서 내가 다른 흥정을 하려

하는 것이 아니냐. 금자 대신 너희들 목숨을 살려주겠다."

천룡문의 한검 이사명이 차갑게 말했다. 말을 듣지 않으면 단칼에 혈랑대주를 벨 기세였다.

혈랑대주가 그런 이사명을 잠시 바라보다 고개를 돌렸다. 그러고는 율사에게 물었다.

"준비됐지?"

"그렇습니다."

"좋아. 그럼 시작하자! 형제들! 이 초원의 왕이 누군지 똑똑히 가르쳐 주자고!"

혈랑대주가 검을 빼 들며 소리쳤다.

그러자 사선으로 도열해 있던 혈랑대원들이 한순간 폭풍처럼 말을 몰아 북산맹의 고수들을 향해 돌진하기 시작했다.

"호옷!"

혈랑대원들 사이에서 기괴한 고함 소리가 흘러나오는가 싶더니 갑자기 달리는 말 위에서 화살을 쏘아댔다.

쐐애액!

이백여 명의 혈랑대원이 쏘아대는 화살이 허공에 모였다가 그대로 북산맹의 고수들을 향해 폭사했다.

"어리석군!"

이사명이 중얼거렸다.

"그래서 도적놈들 아닙니까?"

그의 옆에 있던 자가 도를 빼 들며 말했다. 그러고는 머리 위로 도를 들어 둥글게 원을 그렸다.

차차창!

사내의 도가 지나간 자리에 뿌연 도막이 형성되어 날아드는 화살들을 허공으로 튕겨 보냈다.

"필요한 건 혈랑대주요. 나머지는 모두 죽여도 좋소. 이 기회에 혈랑대를 해체해 대상들의 걱정을 덜어주는 것도 나쁘지 않겠지."

천룡문의 한검 이사명이 차가운 목소리로 말했다. 그러자 도를 휘둘러 화살을 막아낸 자가 입을 열었다.

"나쁘지 않은 일이지요. 그렇잖아도 최근 들어 초원의 마적들을 제거해 달라는 상가들의 요청이 많았소이다."

"그럼 수고들 해주시오."

이사명의 말에 주변의 고수들이 고개를 끄덕이고는 두려움 없이 화살을 쏘아대는 혈랑대의 마적들을 향해 마주 달려 나갔다.

쐐액!

한 자루 검이 허공을 가르자 말과 사람이 함께 쓰러졌다. 가장 먼저 혈랑대에 날아든 중년의 북산맹 고수에 의해 일어난 일이었다.

사내의 이름은 명삼혼, 북산맹의 한 축인 금오문의 이름난 고수였다.

금오문은 북산맹의 여러 가문 중에서도 가장 재력이 풍부한 문파로 그 재력을 바탕으로 신병이기를 끌어모아 문도들에게

나누어 주었는데, 그 신병이기의 힘이 금오문의 문도들을 강호의 고수로 만들었다.

명삼혼 역시 무림인이라면 누구나 탐낼 만한 검을 가지고 있었다. 금오문주 금산이 친히 마련해 준 검으로 태일(太一)이란 검명으로 불렀다.

주인의 무공을 세 배는 강하게 해준다는 명검 태일을 손에 든 명삼혼에게는 두려움이 없었다.

명검 태일을 들고 강호를 종횡하길 이십여 년, 그동안 그와 명검 태일이 쌓아온 명성에 비하면 그의 앞에 있는 혈랑대의 마적들은 벌레보다도 못한 존재였다.

"비루한 놈들! 모두 죽여주마!"

적을 베기 시작한 명삼혼의 눈빛이 살기로 번들거렸다.

일단 검을 뽑아 사람을 베기 시작하면 정사의 구분은 사라진다. 싸움에서만큼은 모두가 싸움의 자체의 마력에 미쳐 가게 마련인 것이다.

서걱!

다시 한 명의 혈랑대원이 명삼혼의 검에 허리가 잘려 나갔다.

하지만 그가 상대하는 자들은 혈랑대다. 대막과 초원에서 광풍사와 더불어 쌍벽을 이루는 독한 자들이 바로 혈랑대였다.

그런 자들에겐 고수의 명검도 두렵지 않은 법이다.

"죽어랏!"

적을 벤 명삼혼의 양쪽으로 다가온 혈랑대의 마적 두 명이 동시에 창을 찔러 넣었다.

병가에서 쓰는 창에 비하면 절반 정도의 길이에 두께 역시 절반도 되지 않아 창이라기보다는 쇠꼬챙이에 가까운 병기였다.

말 위에서 사용하기에 무겁지 않고, 보통의 창보다 훨씬 날카로워서 바람처럼 초원과 대막을 누비는 혈랑대원들에게는 무척 어울리는 병기였다.

파팟!

두 개의 창이 명삼혼이 목과 허리를 파고들었다.

"이놈들!"

명삼혼의 입에서 노성이 토해졌다. 그의 신형이 비호처럼 허공으로 떠올라 두 개의 창을 비껴 피해내더니 벼락처럼 검을 휘둘렀다.

서걱!

명검 태일이 적의 병기 두 개를 한 번에 잘라냈다.

"헛!"

무처럼 철창을 잘라내는 명삼혼에게 놀란 혈랑대원들이 헛바람을 토해냈다.

"목을 놓고 가거라!"

명삼혼이 놀라 뒤로 물러나는 두 혈랑대원에게 다가들며 번개처럼 검을 휘둘렀다.

"으악!"

혈랑대원 중 하나가 속절없이 가슴에 검을 맞고 말에서 떨어졌다. 다행히 다른 한 명은 구사일생으로 목숨을 구해 명삼흔으로부터 멀찍이 떨어졌다.

"버러지 같은 것들!"

둘을 한 번에 베지 못한 것이 마음에 들지 않는지 명삼흔이 눈살을 찌푸리며 주위를 돌아봤다.

이미 초원선 북산맹의 고수들과 혈랑대원들 간에 치열한 싸움이 벌어지고 있었다.

"저놈들이!"

한순간 명삼흔의 시선이 흔들렸다. 싸움이 그가 예상한 것과는 다르게 진행되고 있었던 것이다.

사막에서 도적질이나 하던 자들로 생각했던 혈랑대가 북산맹의 고수들을 맞아 대등하게 싸움의 균형을 맞춰가고 있었다.

이곳에 온 북산맹의 고수 이십여 명은 모두 강호에서 일류소리를 듣는 자들이었다.

더군다나 개중 명삼흔 자신을 포함한 넷은 절정의 경지를 논하는 고수다.

그런데 한낱 사막의 마적단인 혈랑대가 자신들과 대등한 싸움을 벌이고 있으니 생각하면 수치스런 일이 아닐 수 없었다.

"진이군!"

명삼흔은 금세 혈랑대가 일거에 무너지지 않는 이유를 알아챘다.

사선 모양의 진을 형성하고 있는 혈랑대는 오랫동안 그 진법을 수련했는지 부족한 동료를 도와주고 약한 곳을 보완하는 움직임을 아주 능숙하게 해내고 있었다.

"저놈이 문제군!"

한순간 명삼혼의 눈빛이 반짝였다.

이백여 명이 형성한 진이 한 몸처럼 움직이는 이유를 알아챈 것이다.

혈랑대의 대주라는 자, 그자의 움직임에 따라 혈랑대의 진 전체가 변화하고 있었다.

진의 변화 중심에는 언제나 혈랑대주가 있어서 진이 북산맹의 고수들에 의해 무너지는 것을 막아내고 있었던 것이다.

"저놈을 잡아야겠군!"

명삼혼이 혀를 내밀어 입술을 축이고는 혈랑대주를 향해 날아갔다.

봄을 알리는 풀들이 파릇하게 솟아나는 초원에서 먼지를 일으키며 두 무리의 사람이 싸움을 벌이고 있었다.

숫자로 보면 한쪽이 턱없이 부족했지만 싸움은 얼추 균형을 이루고 있었다.

아니, 자세히 보면 외려 숫자가 적은 쪽이 유리한 듯도 보였다.

그나마 숫자가 많은 쪽이 버티고 있는 이유는 단단히 짜여진 진 때문이었는데 사실 그것도 오래갈 것 같지는 않았다.

이유는 간단했다. 적은 쪽에 속한 자들의 무공이 너무 뛰어나기 때문이었다.

푸르르!

말이 구경하기 지쳤는지 머리를 흔들며 투레질을 했다.

그 말 등에 탄 사내가 턱을 괸 채 초원에서 벌어지는 강렬한 싸움을 흥미롭게 바라보고 있었다.

바람에 날린 머리카락 때문에 얼굴은 제대로 보이지 않았다.

"지루하냐?"

사내가 말목을 쓰다듬으며 물었다. 당연히 말이 대답할 리 없다.

"너도 싸움을 좀 알아야 해. 날 태우고 다니려면 그래야 편할 거다. 싸움터에서는 말이다, 말이라고 칼이 비켜 가지는 않거든. 그러니 지루해도 좀 더 구경하자. 사실 싸우는 것은 자세히 보면 무척 재미있어. 특히나… 이제 우두머리들끼리 붙을 것 같단 말이야."

사내의 말을 알아들었을까. 사내가 탄 말이 슬쩍 고개를 들어 싸움터를 바라봤다.

중년의 사내가 온몸을 흑의로 감싼 도적들의 우두머리를 향해 날듯이 달려가는 것이 보였다.

"너도 흥미가 돋지? 나도 오랜만에 보는 싸움이라 아주 재밌어. 그리고… 저자는 나와 인연이 있거든."

사내가 바람에 흩날리는 머리카락을 쓸어 올렸다. 그러자 말랐지만 날카롭고 사내다운 얼굴이 드러났다.

적풍이었다.

적풍은 한눈에 사내를 알아봤다.

혈랑대의 중심에서 강호의 고수들을 상대하고 있는 자, 혈랑대의 우두머리를 단번에 알아본 것이다.

과거 오르도의 족장 수타이의 목을 벨 때 잠시 마주쳤던 그 눈빛을 어찌 잊을 수가 있을 것인가.

그 차갑고도 냉혹했던 인상은 지금도 어제 본 것처럼 생생했다.

그런 눈빛은 얼굴을 검은 천으로 가리고 있다고 해도 놓칠 수가 없는 것이었다. 특히나 적풍처럼 천부적인 감각을 지닌 사람들에게는 더더욱 그러했다.

하지만 더 중요한 것이 있었다.

"저자는 말이다, 나와 같은 피를 가진 자야."

적풍이 나직하게 중얼거렸다.

금오문의 고수 명삼혼이 혈랑대주를 향해 날아들었다. 그의 검은 다른 혈랑대원들은 놓아두고 오직 혈랑대주 하나를 노렸다.

파앗!

천하의 명검 태일이다. 혈랑대주를 주위에서 호위하는 자들의 도검이 맥없이 부러져 나갔다. 그래서 명검 태일은 눈 깜짝할 사이에 혈랑대주의 눈앞에 도달했다.

워낙 빠르고 강력한 공격이었기에 혈랑대주가 손해를 보는 것은 어쩔 수 없는 듯 보였다.

그런데 한순간 혈랑대주의 몸이 기이하게 비틀어지는가 싶더니 거짓말처럼 그가 명삼혼의 공격에서 벗어났다.

팟!

거짓말처럼 적의 공격을 옆으로 비껴낸 혈랑대주가 말 위에서 활처럼 휜 월아도로 명삼혼의 등을 내려쳤다.

"음!"

명삼혼의 입에서 당혹스런 음성이 흘러나왔다. 회심의 일격이 빗나가고 반격까지 받았으니 그로서는 당황하지 않을 수 없었다. 상대는 겨우 마적 두목일 뿐이지 않는가.

그러나 어쨌든 명삼혼은 노련한 고수였다.

명삼혼이 허공에서 몸을 회전시키며 자신의 등을 가격하는 혈랑대주의 도를 막아냈다.

창!

두 개의 도검이 허공에서 부딪히며 강렬한 충돌음이 터져나왔다. 순간 혈랑대주의 신형이 흔들거렸다.

공력의 차이다.

혈랑대주가 놀라운 움직임으로 명삼혼의 공격을 피했다고는 해도 공력으로 절정의 경지를 바라본다는 명삼혼을 상대할 수는 없는 듯 보였다.

"놈!"

일 합의 격돌에서 상대의 밑천을 확인한 명삼혼이 승세를 확신하고 혈랑대주를 향해 재차 검을 휘둘렀다.

우웅!

명삼혼의 검 태일이 묵직한 검음을 일으켰다. 그러자 그의 검에 뿌연 안개 같은 것이 서렸다.

검기다.

명삼혼은 검기를 일으킬 수 있는 고수였던 것이다.

혈랑대주가 본능적으로 몸을 뒤로 날렸다. 말에서 벗어난 그의 신형이 날짐승처럼 땅 위에 내려섰다.

"도망갈 곳은 없다!"

명삼혼이 자신만만한 표정으로 혈랑대주를 향해 뛰어들며 검을 휘둘렀다.

퍼퍼픽!

명검 태일이 토해내는 검기들이 연신 혈랑대주 주변의 땅에 박혀들었다.

그런데 운 좋게도 혈랑대주는 그 날카로운 명삼혼의 검초들을 아슬아슬하게나마 모두 피해냈다.

"운이 좋구나!"

명삼혼은 자신의 검을 피해내는 것을 혈랑대주의 운으로 치부했다. 그 자신감 때문에 그는 계속 수세에 몰리면서도 늑대처럼 번뜩이는 혈랑대주의 눈을 보지 못했다.

그리고 그것이 놀라운 파국을 만들었다.

"이번에도 피해봐라!"

명삼혼은 노련한 싸움꾼이다. 자신의 이점이 강한 공력에 있음을 확인한 이상 어지러운 초식보다는 힘으로 상대를 끝장내는 것이 가장 확실한 방법임을 알고 있었다.

명삼혼이 허공으로 떠오르며 검을 사선으로 그었다. 일체의 수비를 배제한 강력한 초식이었다.

명검 태일이 태양처럼 번쩍였다. 확연하게 검의 형상을 지닌 검기가 반 장 길이로 늘어났다.

콰아!

검이 일으키는 바람이 폭포수 소리를 냈다.

그 아래서 혈랑대주가 아무것도 할 수 없는 사람처럼 몸을 웅크리고 있었다.

"죽어랏!"

이미 승리를 확신한 명삼혼이 도도한 목소리로 소리치며 마지막 힘을 가했다. 그가 만들어낸 검기가 벼락처럼 혈랑대주의 머리를 향해 떨어졌다.

그런데 단번에 머리가 두 쪽으로 쪼개질 것 같던 혈랑대주가 한순간 씨익 미소를 지었다.

그 미소를 본 명삼혼이 본능적으로 몸을 움찔했다. 그 때문에 그의 검로에 미세한 틈이 생겼다. 순간 혈랑대주가 움직였다.

팟!

혈랑대주의 몸이 뱀처럼 꿈틀거렸다. 마치 상체와 하체가 분리된 것처럼 그의 몸이 늘어났다.

상체는 그 자리에 있는 것 같은데 그의 두 발은 이미 명삼혼의 발아래 도달해 있었다.

그리고 뒤이어 상체가 움직였다. 순식간에 혈랑대주의 몸이 여러 개로 나뉘어진 듯한 착시를 일으켰다.

쾅!

명삼혼의 검이 혈랑대주가 서 있던 땅바닥에 깊게 박혀들었다.

"놈!"

명삼혼의 입에서 당혹한 목소리가 흘러나왔다. 마지막 순간에 놀라운 움직임을 보인 적에 대한 경계심도 함께 묻어났다.

명삼혼이 재빨리 검을 들어 자신의 몸을 가리며 눈으로 혈랑대주를 찾았다.

그런데 혈랑대주는 생각보다 멀리 있지 않았다. 그는 명삼혼의 바로 등 뒤에 있었다. 그리고 명삼혼과 시선이 마주치는 순간 벼락같이 자신의 월아도를 명삼혼에게 던졌다.

팽!

혈랑대주의 월아도가 날카롭게 회전하며 명삼혼에게 날아들었다.

"어림없다!"

명삼혼이 재빨리 검을 휘둘러 날아드는 월아도를 쳐냈다. 그런데 그 순간 다시 사람들을 놀래는 일이 벌어졌다.

파팟!

어느새 다가든 혈랑대주가 날카로운 파열음을 남기고 명삼혼을 스치듯 지나쳤다.

명삼혼이 재빨리 혈랑대주를 베기 위해 검을 들며 몸을 돌렸다. 그런데 그 순간 그의 팔을 타고 붉은 피가 주르륵 흘러내렸다.

"헉!"

명삼혼의 입에서 당혹스런 신음이 흘러나왔다.

그의 시선이 본능적으로 자신의 팔로 향했다. 어느새 검을 든 그의 오른팔이 붉은 피로 물들어 있었다. 그리고 더욱더 그를 당황시키는 일이 벌어졌다.

쩡그렁!

그의 손이 명검 태일의 무게를 이기지 못하고 그만 검을 떨어뜨리고 말았던 것이다.

"넌 날 너무 몰랐어!"

어느새 다시 되돌아온 혈랑대주가 속삭이듯 말했다. 명삼혼이 화들짝 놀라 몸을 빼려는 순간 쇠꼬챙이처럼 날카로운 검이 그의 겨드랑이를 파고들어 몸을 관통했다.

"컥!"

명삼혼의 입에서 자신도 모르게 비명이 흘러나왔다.

"선물은 고맙게 받을게."

혈랑대주가 적을 뚫은 검에 힘을 줘 명삼혼을 주저앉히고는 상대가 떨군 검을 주워 들었다.

"네가 온전히 내 것이 되기 위해선 전 주인의 목숨이 필요하리라. 네 스스로 거둬라!"

혈랑대주가 검을 향해 소리치며 벼락같이 명검 태일을 휘둘렀다.

그러자 명검 태일이 미세한 소리도 만들지 않고 명삼혼의 사혈을 베고 지나갔다.

쿵!

명삼혼의 몸이 그대로 땅에 허물어졌다. 동시에 싸움터에 예상치 못한 정적이 찾아들었다.

금오문의 고수 명삼혼이 죽었다. 장내의 누구도 생각지 못한 일이다. 무공으로 따지면 장내에 그를 능가하는 고수는 천룡문의 노고수 한검 이사명 정도였다.

물론 함께 온 북산맹의 다른 고수 중 두엇 정도는 명삼혼과 비슷한 정도의 무공을 지니고 있기는 했다.

그러나 한검 이사명 말고는 누구도 명삼혼보다 강하다고 할수는 없었다.

그런 명삼혼이 일개 마적의 두목에게 죽음을 당했으니 북산맹의 고수들 입장에서는 충격적인 일이 아닐 수 없었다.

"먼저 놈을 죽이시오!"

한검 이사명이 살기 어린 목소리로 소리쳤다.

이사명의 말에 두 명의 중년 사내가 움직였다. 둘 모두 명삼혼 못지않은 기도를 지니고 있었다.

명군을 따라 장성을 넘은 북산맹 고수의 숫자는 모두 스물. 그 무리를 이끄는 것은 네 명의 고수였다.

그중 중심이 되는 자가 천룡문의 이사명이고 나머지 셋은 북산맹의 주축인 다른 세 가문 출신이다.

죽은 금오문의 명삼혼이 그중 하나이고, 지금 혈랑대주를 향해 다가가는 자들이 나머지 둘이었다.

오른쪽에서 양손에 각기 두 개의 비도를 들고 있는 자가 비산문의 고수 종삼관, 왼쪽에서 도를 들고 강력한 기도를 뿜어내는 자가 천도문의 고수 천행원이었다.

종삼관과 천행원 둘 모두 강호에서의 명성이 명삼혼에 뒤지지 않는 자들로 그들이 합격을 하는 이상 혈랑대주는 절대 두 사람을 이겨낼 수 없었다.

그런데 혈랑대주가 다시 사람들을 놀래는 선택을 했다.

"율사!"

혈랑대주가 수하 율사를 불렀다.

"예, 낭왕!"

"진을 맡아라!"

"낭왕!"

율사가 놀란 표정으로 혈랑대주를 바라봤다.

"난 이자들을 맡겠다!"

목소리에서 전의와 자신감이 느껴진다.

"이 버러지 같은 놈이?"

천도문의 고수 천행원이 눈썹을 꿈틀거렸다. 홀로 자신들을 상대하겠다는 혈랑대주에게서 모욕감을 느낀 듯 보였다.

"번잡하니 자리를 좀 옮겨볼까? 그런데 무리를 떠나 날 따라올 용기가 있을지 모르겠군."

혈랑대주가 비릿한 미소를 지어 보이고는 훌쩍 말 위에 날아올라 뒤도 돌아보지 않고 말을 몰기 시작했다.

"이놈! 결국 도망가겠다는 거였구나!"

천행원과 종삼관이 급히 몸을 날려 혈랑대주를 쫓기 시작했다.

비록 두 사람은 말을 타지 않았지만 절정의 경공을 수련해 말이 달리는 속도에 뒤지지 않았다.

세 사람은 삽시간에 전장에서 수십 장 떨어진 곳까지 이동했다.

"제법 똑똑한 자군. 저 두 사람을 떼어내면 마적들은 자신들의 진법으로 충분히 적을 상대할 수 있다는 계산이야. 그때까지 자신은 살아 있기만 하면 되는 것이고……."

적풍이 흥미로운 듯 전장에서 멀어지는 혈랑대주를 바라봤다. 그러고는 뭔가 고민을 하는 듯하다 이내 고개를 들었다.

"나쁘지 않지. 더군다나 신혈족이라면 더더욱!"

적풍이 가볍게 말허리를 찼다. 그러자 그를 태운 말이 퍼뜩 정신을 차리고 혈랑대주와 북산맹의 두 고수가 움직인 곳으로 달리기 시작했다.

혈랑대주가 명검 태일을 비껴 세웠다.

북방의 날카로운 햇빛이 검신에 반사되어 사방으로 빛을 뿌렸다.

"마음에 들어!"

혈랑대주가 중얼거렸다. 검에 흠씬 빠진 모습이다. 무사에게 명검이란 갖고 싶은 정인과 같은 의미인 모양이었다.

"이놈! 과연 도적놈답구나. 남의 물건을 마치 제 것인 양 말하는구나!"

혈랑대주를 추격해 온 천행원이 경멸의 눈초리로 혈랑대주를 보며 소리쳤다.

"나 역시 내가 도적놈인 것을 모르는 것은 아니야. 그런데… 이 검도 애초에는 그자의 것이 아니었을걸? 더군다나 강호의 보물은 주인이 따로 있다지 않는가. 이 검이 날 찾아왔으니 이젠 내가 주인이지."

혈랑대주가 비릿한 미소를 지으며 말했다.

"그 주인 노릇 일각을 넘기지 못할 것이다."

비산문의 종삼관이 차갑게 말했다. 그는 비도술을 절기로 사용하는 자이기에 생김새와 표정이 무척 날카로웠다.

"재주가 있다면 가져가 봐."

혈랑대주가 능글거리며 말했다.

"네 머리를 명 대협의 제사상에 올리겠다!"

천행원이 소리치며 벼락처럼 혈랑대주를 향해 날아들었다.

순간 혈랑대주가 날쌘 늑대처럼 몸을 날렸다.

퍽!

천행원의 무거운 도가 땅에 박혔다.

쿠웅!

묵직한 파열음이 터져 나오며 천행원의 도가 박힌 부근에 거대한 웅덩이가 파였다.

그 충격 속에서 어느새 혈랑대주가 천행원에게 다가서며 명검 태일을 뻗어냈다.

팟!

크기가 작은 것도 아닌데 태일이 한 줄기 빛처럼 가는 모습으로 천행원을 찔렀다.

"놈!"

천행원의 입에서 고함이 터져 나오며 그가 도를 들어 횡으로 움직였다.

쩡!

두 사람의 도검이 허공에서 격돌했다.

순간 혈랑대주가 다가들 때보다 배는 빠르게 뒤로 물러났다. 얼핏 보면 공력이 부족해 밀려난 것처럼 보이기도 했다.

그런데 그런 혈랑대주를 천행원은 함부로 쫓지 않았다. 그는 대신 자신의 도(刀) 살폈다.

그와 평생 함께해 온 도의 날에 제법 큰 상처가 나 있었다. 명검 태일이 만들어낸 상처였다.

"과연 명검이군. 역시 도적놈에게 어울리지 않아!"

천행원 시선을 돌려 혈랑대주를 노려보며 중얼거렸다.

"흐흐, 나보고 도적이라면서 너도 욕심이 나는가 보지?"

혈랑대주가 천행원을 조롱했다.

"그러게. 욕심이 나는군. 그 검도, 또 네 머리도!"

천행원이 말이 끝나자마자 다시 혈랑대주를 향해 날아갔다. 그의 도가 일으킨 도풍이 천지를 가를 듯한 기세로 혈랑대주에게 날아갔다.

쿠웅!

혈랑대주가 재빨리 뒤로 몸을 빼 천행원의 도기를 벗어났다.

그런데 천행원은 물러나는 혈랑대주를 따라붙지 않았다. 그는 혈랑대주와 일정한 거리를 두고 계속 도를 뿌려댔다.

천행원은 확실히 노련한 고수였다. 혈랑대주가 비록 명검 태일을 들고 있지만 그 공력이 자신에 비해 부족함을 알고는 적의 명검이 힘을 발휘하지 못하게 원거리에서 공격을 퍼붓고 있는 것이었다.

혈랑대주가 천행원의 공격을 피해가며 반격의 기회를 노렸지만 천행원은 혈랑대주에게 쉽게 거리를 주지 않았다.

싸움은 지루하게 이어졌다. 천행원은 공격했고 혈랑대주는 피했다. 그러나 그 지루한 싸움의 승자는 결국 천행원이 될 것이 분명해 보였다. 시간이 갈수록 혈랑대주의 움직임이 둔해지기 시작했던 것이다.

마치 사람이 아닌 것처럼 기이한 움직임으로 적의 공격을 피해내던 혈랑대주의 숨이 거칠어졌다.

그리고 그 즈음 싸움을 끝내기 위해 또 다른 북산맹의 고수 종삼관이 나섰다.

슉!

천행원의 도기를 피해 몸을 날리는 혈랑대주의 등 뒤에서 한 줄기 서늘한 파공음이 일어났다.

혈랑대주가 본능적으로 몸을 땅에 붙였으나 어느새 날아든 비도가 그의 등줄기를 스치고 지나갔다.

팟!

혈랑대주의 등에서 붉은 선혈이 터져 나왔다.

"젠장!"

혈랑대주가 급히 몸을 굴려 삼사 장 왼쪽으로 이동했다.

퍼퍼퍽!

그가 구른 땅 위로 다시 세 개의 비도가 꽂혔다.

"이젠 죽을 때다!"

혈랑대주가 미처 몸을 바로 세우기도 전에 이번에는 천행원의 묵직한 도기가 떨어져 내렸다.

"이런 개 같은 놈들!"

혈랑대주가 태일을 휘두르며 악을 썼다.

쾅!

"욱!"

비록 검을 들어 막기는 했으나 천행원의 강력한 공력에 밀린 혈랑대주가 신음을 흘리며 비틀비틀 뒤로 밀려났다.

"그만 죽어라!"

물러나는 혈랑대주의 머리를 향해 다시 천행원의 도기가 떨어졌다. 이제 명검 태일로도 혈랑대주의 목숨을 지킬 수 없을 듯 보였다.

그런데 그때였다.

갑자기 어디선가 주먹만 한 돌멩이 하나가 날아와서 강하게 천행원의 도를 때렸다.

쾅!

"읏!"

천행원의 입에서 당혹스런 목소리가 흘러나왔다. 천행원이 급히 힘을 모아 자신의 손에서 벗어나려는 도를 움켜쥐었다.

"웬 놈이냐?"

가까스로 도를 놓치지 않은 천행원이 고개를 돌리며 소리쳤다.

생사를 걸고 싸우던 세 사람의 시선이 뜬금없이 나타난 사내에게로 모여졌다.

행색을 보니 혈랑대는 아니고 그렇다고 북산맹의 고수는 더더욱 아니었다.

"웬 놈인데 감히 북산맹의 행사에 훼방을 놓는 것이냐?"

천행원이 다시 물었다.

그런데 사내는 천행원의 질문 따위는 아예 무시해 버리고 혈랑대주에게 물었다.

"도와줄까?"

제4장
그 시절을 기억하는 자,
낭왕 준갈

"너……? 넌!"

혈랑대주의 모호한 눈빛이 어느 순간 번쩍였다. 적풍을 알아본 것이다.

"알아보겠어?"

나이도 어리면서 반말을 지껄여 대는 적풍의 모습이 거만하기 이를 데 없다. 그런데 이상하게도 그 반말 짓거리가 어색하지 않았다. 마치 적풍에게 처음부터 그럴 권리가 있는 것처럼 자연스럽기까지 했다.

"네가 왜 여기에……?"

짧은 마주침이었지만 홍안령 깊은 계곡에서 자신이 지키려던 오르도의 족장 수타이의 머리를 게 눈 감추듯 베어간 사내다. 그래서 그 얼굴과 눈빛은 혈랑대주의 머릿속에 화인처럼 박혀 있었다.

그때 결심하지 않았던가. 언제가 다시 만나면 반드시 빚을 갚아주겠다고. 그런데 그자가 지금 이 긴박한 상황에서 불쑥 모습을 나타낸 것이다.

"고웅타가 흥안령을 넘었느냐?"

혈랑대주가 자신이 처지를 잊고 궁금한 듯 물었다.

"그럴 위인은 못 되지."

적풍의 말투에 혈랑대주의 눈빛이 다시 한 번 반짝였다. 적풍의 말투로 보건대 단웅족을 떠난 듯 보였기 때문이다. 그렇지 않다면 자신이 따르던 단웅족장 고웅타를 이런 식으로 말할 수 없는 일이다.

"그를 떠났군."

"사연이 길어. 그런데 당신에겐 내 사정 들을 시간이 없을 것 같은데?"

적풍이 천행원과 종삼관을 번갈아 보며 말했다.

"네놈은 누구냐?"

천행원이 뒤늦게 적풍의 정체를 물었다. 그런데 이번에도 적풍은 천행원의 질문을 무시했다.

"어떻게… 도와줘?"

앞서와 같은 질문이다. 적풍은 천행원은 상대도 않고 오직 혈랑대주만 상대하고 있었다.

"뭘 원하느냐?"

혈랑대주는 명석한 자다. 바라는 것 없이 자신을 도와줄 사람은 없다. 상대가 북산맹의 고수라면 더욱더 그렇다.

"뭘 바라겠어. 내 사람이 되는 거 말고."

적풍이 미소를 지으며 대답했다.

"흐흐, 내가 그 말 같지도 않은 제안을 수락할 것 같으냐?"

혈랑대주가 실소를 흘리며 되물었다.

"그거야 당신 선택이지. 굳이 죽겠다면 나도 말리지 않아. 좋을 대로 하라고. 나도 당신이 꼭 필요한 건 아니니까."

적풍이 심드렁하게 대답했다.

"널 어떻게 믿지?"

혈랑대주가 다시 물었다.

"누가 믿으래? 사람을 어떻게 믿어! 어리석은 일이지. 단지 당장 당신 사정만 생각하라고. 죽는 것과 사는 것, 그게 지금 당신이 선택할 일이야. 날 믿고 안 믿고는 중요한 게 아니잖아?"

이 역시 맞는 말이다. 적풍을 믿고 안 믿고는 일단 살고 나서 고민할 문제였다. 혈랑대주는 계산이 빠른 자였다. 중요한 것은 자신이 살아남는 것이다. 그럼 고민할 것도 없었다.

"좋아. 받아들이지!"

"우리 둘 모두에게 아주 좋은 결정이 될 거야."

적풍이 말에서 내렸다. 그러고는 투박한 검집에 들어 있는 전왕의 검을 검집째 들고 천행원을 향해 걸어가기 시작했다.

"이놈! 감히 우리가 누군지 알고!"

천행원이 노한 눈으로 적풍을 노려보며 소리쳤다.

"왜 모르겠어. 인연이 아주 없는 것도 아닌데. 그런데 아쉽게도 그 인연이 악연이란 말이야! 당신에겐 아주 재수가 없는 일이지!"

적풍이 가볍게 땅을 찼다. 그러자 그의 몸이 묵빛 바람을 일으키며 순식간에 천행원 앞에 육박했다.

"놈!"

천행원이 황급히 도를 휘둘러 다가드는 적풍을 벴다.

퉁!

천행원의 강력한 도초를 적풍이 검을 뽑지도 않고 검집으로 막아냈다.

투툭!

천행원과 적풍이 거의 동시에 서너 걸음 뒤로 물러났다. 한 번의 격돌에선 누구도 우위를 점하지 못했다.

그러나 심리적으로 흔들린 사람은 천행원이었다. 자신이 펼친 최선의 도초를 상대는 검을 뽑지도 않고 막아낸 것이다. 표정을 보니 그리 힘을 낸 것 같지도 않았다.

"도대체 뭐하는 놈이냐?"

"그건 알 거 없고… 하나는 당신이 맡지?"

적풍이 천행원과 자신의 싸움을 지켜보고 있던 혈랑대주에게 말했다. 그러자 혈랑대주가 퍼뜩 정신을 차렸다. 이 싸움은 이 젊은 불청객이 아니라 자신의 싸움인 것이다.

"하나라면……!"

혈랑대주가 멀찍이 떨어져 있는 비산문의 고수 종삼관을 보며 중얼거렸다.

아직도 그의 등에선 피가 흐르고 있었다. 그런데 그 통증이 오히려 혈랑대주의 전의를 불러일으키는 듯싶었다.

"그럼 빨리 일을 끝내자고!"

적풍이 시선을 천행원에게로 돌리며 말했다.

"어린놈이 정말 안하무인이구나!"

천행원이 적풍을 노려보며 말했다.

"싸움을 나이로 하나 칼로 하지! 늙은 목숨이나 잘 간수하라고!"

적풍이 천행원을 향해 달려들었다. 여전히 검은 뽑지 않은 상태다.

카카캉!

기이한 일이다. 강철로 만든 도와 투박한 검집이 격돌했는데 쇳소리가 터져 나왔다. 그건 곧 검이 들어 있는 검집이 보기와는 달리 단단한 쇠로 만들어졌다는 의미다.

그런데 검에 더해 쇠로 된 검집이라면 그 무게 때문에 자유롭게 무공초식을 펼치는 데 방해가 될 수 있었다.

하지만 적풍은 검의 무게에 전혀 영향을 받지 않는 듯 보였다. 그는 마치 회초리 휘두르듯 검집을 휘둘러 댔다.

신력을 타고난 덕분인지 아니면 신검을 통해 얻게 된 신혈족의 힘 때문인지는 알 수 없었다.

이유야 어쨌든 적풍은 강력한 내공이 실린 천행원의 도를 수월하게 상대하고 있었다. 더군다나 그 빠름에 있어서는 오히려 천행원이 부족해 보였다.

차차창!

한 차례 접전에서 십여 번의 충돌이 일어났다.

적풍의 회오리 같은 검초들이 천행원의 전신을 파고들었다.

천행원이 가까스로 적풍의 초식들을 막아냈다. 하지만 그 격돌 이후 전세가 적풍 쪽으로 크게 기울었다.

나이를 생각하면 믿을 수 없는 경지의 무공을 펼치는 적풍을 상대로 천행원이 주춤거리며 물러나기 시작했다.

여전히 공력이라면 적풍을 상대할 수 있을 것 같았지만 도저히 적풍이 움직이는 속도를 따라잡을 수 없었던 것이다.

"도대체 어디서 온 놈이냐?"

천행원이 뒤로 물러나며 다시 물었다. 이 괴물 같은 젊은 놈의 정체가 밀리는 와중에도 궁금했던 것이다.

"알려주긴 할 거야. 그러나… 말로 가르쳐 주지는 않겠다."

"무슨 헛소리냐?"

"곧 알게 돼!"

적풍이 재차 천행원과의 거리를 좁혔다. 그리고 그 순간 갑자기 적풍의 몸이 부풀어 오르듯 커졌다.

"사술을?"

천행원이 갑자기 불어나는 적풍의 모습에 놀라 벼락처럼 도를 휘두르며 재차 뒤로 물러났다.

그 순간 적풍의 그림자가 해일이 밀려들듯 천행원을 덮쳤다.

캉!

적풍의 검집이 무지막지한 힘과 속도로 천행원을 때려댔다.

천행원 몸이 구겨지듯 무너지며 가까스로 적풍의 공격을 막아냈다. 그런데 한순간 적풍의 눈에서 갑자기 검은 안광이 쏟아졌다.

"헉!"

적풍의 안광을 본 천행원의 입에서 헛바람이 새어 나왔다.

"넌, 대체?"

천행원이 미처 말을 다 뱉어내기도 전에 적풍의 검이 검집을 벗어났다.

서걱!

서늘한 소리가 아주 짧은 순간을 끊고 지나갔다.

적풍의 검은 어느새 다시 검집에 들어가 있었다. 그리고 적풍의 눈에서 폭발했던 검은 기운도 자취를 감췄다.

"끄으으!"

천행원은 가슴을 움켜쥐고 땅에 허물어져 숨을 헐떡였다.

"알겠어?"

적풍이 물었다. 그의 얼굴이 어느 때보다도 차가웠다.

"검은 사… 이골마… 족!"

"알았다면 죽는 게 원통하진 않겠지. 평생 너희에게 쫓겨온 나니까. 이 정도로 너를 벨 자격은 충분히 있지 않겠나?"

적풍의 나직한 말을 들으며 천행원이 놀란 눈을 감지도 못하고 숨이 끊어졌다.

쩌정!

요란한 소리에 적풍이 시선을 돌렸다. 적풍의 눈에 바람처럼 움직이는 두 사람이 보였다.

적풍의 싸움과 달리 혈랑대주와 종삼관은 빠름으로 승부를 내고 있었다. 그런데 혈랑대주와 비산문의 고수 종삼관이 빠름을 만들어내는 방법이 판이하게 달랐다.

종삼관은 분주하게 다리를 움직이는 보법으로 혈랑대주의 주위를 돌며 비도를 던져 댔다.

반면 혈랑대주는 두 다리를 거의 움직이지 않고 단지 기이한 몸의 회전과 비틈으로 적의 비도를 피하거나 혹은 반격을 가했다.

본래 강호의 무인들에게 빠름은 경공이나 보법을 통해 나타나게 마련인데 혈랑대주는 강호의 상식에 맞지 않는 독특한 움직임으로 빠름을 보여주고 있었다.

적풍은 금세 강호의 고수 종삼관에 비견되는 혈랑대주의 빠름이 무엇에서 기인하는지 알아챘다.

혈랑대주의 빠름은 바로 그의 몸 그 자체에서 만들어지는 것이었다.

혈랑대주의 몸은 보통 사람에 비해 특별하게 유연했고 비상식적으로 중심이 낮았다.

그는 그 유연함으로 어떤 자세도 취할 수 있었고, 또한 비정상적인 자세에서도 중심을 잃지 않았다.

그가 두 발을 땅에 묻고 몸을 풍차처럼 회전할 때는 과연 저게 사람의 몸으로 가능한 자세인가 하는 의문이 들 정도였다.

그러나 적풍은 그런 혈랑대주의 괴이한 움직임과 그의 특별한 몸에 놀라지 않았다.

그는 이미 혈랑대주의 비밀을 눈치채고 있었다.

흥안령의 산속에서 잠시 조우했을 때 느꼈던 그 특별했던 느낌은 오늘 그가 북산맹의 고수들과 싸우는 모습을 보며 확신으로 바뀌었다.

혈랑대주는 이골마족이 분명했다.

"형제, 어서 싸움을 끝내라고!"

적풍이 나직하게 중얼거렸다.

도와줄 수도 있지만 도와주지 않았다. 적풍은 혈랑대주의 무공이 처음 혈랑대원들과 함께 북산맹의 고수들을 상대할 때보다 놀랍도록 발전했음을 느끼고 있었다.

스스로 깨닫고 있는지 모르지는 혈랑대주는 북산맹 고수들과의 싸움을 통해 자신의 무공을 한 차원 높은 경지로 끌어올리고 있었다.

이런 점이야말로 이골마족, 그들 스스로 신혈족이라 부르는 혈족의 가장 특별한 재능이라는 것을 이제 적풍은 알고 있었다.

그래서 적풍은 강호의 절정고수와 겨루는 기회를 혈랑대주에게서 빼앗고 싶지 않았다.

이유는 간단했다.

혈랑대주는 그가 앞으로 곁에 두고 쓸 사람이기 때문이었다. 그가 강해지면 강해질수록 적풍은 유능한 수하를 얻게 될 것이다.

하지만 혈랑대주는 적풍과 생각이 다른 모양이었다.

"안 도와줄 건가?"

혈랑대주가 종삼관의 비도를 피해내며 소리쳤다. 명검 태일을 들고도, 또 신혈족의 그 특별한 재능으로도 종삼관의 비도술을 이겨내는 것이 쉽지 않은 모양이었다.

가뜩이나 등에 제법 깊은 부상도 입고 있었다.

"한 명은 당신 몫이라지 않았나."

"젠장, 나 살자고 하는 소리가 아냐. 난 시간이 없어! 이렇게 시간을 끌다간 내 식구들이 모두 죽을 수도 있다고!"

혈랑대주가 소리쳤다.

싸움에 질 걱정은 없지만 다른 곳에서 북산맹의 고수들을 상대하고 있는 혈랑대원들이 걱정되는 모양이었다.

"난 당신만 필요한데……."

적풍이 심드렁하게 말했다.

"혈랑대가 곧 나야."

"사람이 많으면 귀찮은데……."

"그래서 안 도와주겠다는 건가?"

혈랑대주가 화를 냈다.

그 와중에도 종삼관은 적풍이 싸움에 관여하기 전에 승부를 보려고 더욱 강한 공격을 해대고 있었다. 그의 무공은 특별해서 던져 낸 비도는 허공을 돌아 그의 손으로 다시 돌아왔다.

그래서 그의 비도가 바닥나기를 기다리는 것은 공염불이나 마찬가지였다.

파팟!

한 자루 비도가 혈랑대주의 어깨를 스치고 지나갔다.

"이런 빌어먹을 놈이!"

혈랑대주가 적풍과의 대화를 끊고 사납게 명검 태일을 휘둘렀다.

서걱!

명검 태일에서 일어난 뿌연 기운이 벼락처럼 종삼관의 허벅지를 그었다.

"음……!"

종삼관이 당황한 얼굴로 훌쩍 뒤로 물러났다. 그러고는 기이한 눈으로 혈랑대주를 응시했다.

"실력을 숨겼느냐?"

종삼관이 차갑게 물었다. 그도 그럴 것이 혈랑대주의 무공이 처음 싸울 때와는 확연하게 달려졌기 때문이었다.

"대북산맹의 고수를 상대로 실력을 감출 만큼 담이 크지는 않지."

혈랑대주가 대답했다.

그러자 종삼관이 뚫어지게 혈랑대주를 바라보다 나직하게 중얼거렸다.

"생각보다 무섭구나."

"내가 본래부터 무서운 사람이야."

혈랑대주가 비릿하게 웃었다.

"아니, 혈랑대주인 네가 무서운 것이 아니라 이골마족인 네가 무서운 것이다!"

"역시 늙은 생강이 맵구나. 어느새 눈치챘군."

혈랑대주의 표정이 변했다.

그의 눈에 살기가 돈다. 어차피 죽여야 하는 상대지만 자신이 이골마족임을 알아챈 자라면 반드시 죽여야 한다.

"난 북두회 칠가의 일원이 아니지만 과거 잠시 북두회 호천대에 몸담았었지. 그래서 너희 족속을 알아볼 수 있다. 이골마족… 언제나 강호의 화근이지."

종삼관이 중얼거렸다. 그러면서 슬쩍 적풍을 살폈다.

적풍은 두 사람의 대화에는 관심이 없다는 듯 딴 곳을 바라보고 있었다. 그러자 종삼관이 갑자기 네 개의 비도를 양손에서 쏟아냈다.

비도들이 서로 방향을 교차하며 무서운 속도로 혈랑대주를 향해 날아갔다.

갑작스런 기습에 놀란 혈랑대주가 황급히 검을 휘둘러 날아오는 비도들을 쳐냈다.

그러고는 이어질 종삼관의 공격에 대비해 검을 들어 올리려다가 황당한 표정으로 중얼거렸다.

"도주를?"

예상치 못한 일이었다.

비산문의 고수 종삼관이 도주를 하고 있었다.

누가 상상이나 했겠는가? 대북산맹의 고수가 마적 두목을 상대하기 싫어 도주를 한다는 사실을. 그러나 무척 현실적인 선택이기도 했다. 적풍이 싸움에 뛰어든다면 종삼관에게는 승산이 없었다.

"잡아야 하오."

혈랑대주가 심각하게 말했다.

"물론 그래야지."

적풍이 훌쩍 말 위에 올라탔다. 그러고는 바람처럼 종삼관을 추격하기 시작했다.

"도대체 뭘 하는 자일까?"

혈랑대주가 말을 몰아 종삼관을 추격하는 적풍을 보며 중얼거렸다.

두두두!

종삼관이 등 뒤에서 들려오는 말발굽 소리로 추격자와의 거리를 계산했다. 추격자가 혈랑대주인지 아니면 도깨비처럼 나타나 일을 그르친 그 젊은 녀석인지는 알 수 없었다.

그러나 뒤를 돌아보는 것으로 힘을 허비할 여유도 없었다.

도주를 하면서도 그의 머릿속에 이골마족에 대한 생각이 떠올랐다. 이골마족의 존재는 이미 오래전부터 맹도들 사이에서 회자되고 있었다.

물론 이골마족의 이야기가 진실이라는 것을 증명해 주는 자는 없었기에 소문을 들은 강호인들은 그저 풍문이라고 생각하는 편이었다.

그러나 아니 땐 굴뚝에 연기 나는 법이 없듯이 그 기이한 혈통을 지닌 자들이 세상에 존재한다는 것을 직접 눈으로 확인한 종삼관이었다.

북두회 호천대의 요청으로 요동으로 출행한 적이 있었는데, 그때 이골마족의 존재를 확실하게 알게 된 종삼관이었다.

검은 안광에 기형적인 골격을 지닌 자들, 타고난 신체적 능력으로 무림고수들을 능히 상대해 내는 그들의 실체를 그는 경악의 눈으로 지켜봤다.

그러나 그저 그 존재만 확인했을 뿐 그들에 대해 자세히 아는 것은 아니었다. 당시 호천대의 고수들은 동행한 그에게조차 이골마족에 대해선 철저히 함구했었다.

그 이골마족을 이 북방의 황량한 땅에서 마주친 것이다.

이 사실을 빨리 천룡문의 고수 이사명에게 알려야 했다.

혈랑대가 이골마족의 소굴이라면 지금까지완 전혀 다른 방법으로 그들을 상대해야 한다.

북두회의 일원인 천룡문 출신의 이사명이라면 아마도 이골마족과 그들을 상대하는 방법에 대해 누구보다 잘 알고 있을 것이다.

그러나 종삼관은 한 가지 중대한 사실을 모르고 있었다. 그건 바로 그를 쫓는 적풍이야말로 이골마족의 힘을 가장 깊게 깨달은 존재란 사실이었다.

적풍이 점점 가까워지는 종삼관의 등을 보며 천천히 검을 빼 들었다.

지잉지잉!

검집을 벗어난 검이 기이한 울음을 울었다. 손끝을 통해 전해지는 검의 기운을 통해 새로운 투지가 일어났다.

등 뒤에서 적풍의 기운을 느끼자 종삼관이 땅을 차고 허공으로 날아올랐다. 아마도 적이 자신의 비도가 위력을 발휘할 거리에 들어왔다고 생각한 모양이었다.

허공으로 떠오른 종삼관이 몸을 회전시키며 그 힘을 이용해 두 개의 비도를 던졌다.

피융!

날카로운 파공음이 공기를 갈랐다. 이 공격에는 종삼관의 모든 것이 들어 있었다.

평생을 수련한 비도술의 정수, 그리고 어려서부터 키워온 내공의 힘이 모두 담긴 비도였다.

적풍은 자신에게 날아오는 것이 비도가 아니라 빛처럼 빠르고 태산처럼 강력한 창처럼 느껴졌다.

한 사람의 혼이 담긴 비도술을 마주한 적풍은 한순간 아름다움을 느꼈다.

비도가 곧 종삼관이고 그 뒤에 있는 종삼관의 몸은 허깨비처럼 느껴졌다.

그래서 적풍은 종삼관이 아닌 날아오는 비도를 향해 신검을 휘둘렀다.

쿠앙!

태산을 밀어버릴 듯한 검풍이 일어나고, 전왕의 검이 괴물처럼 포악한 울음을 터뜨렸다.

순간 적풍을 향해 날아들던 종삼관의 비도가 종잇장처럼 튕겨 나갔다.

"악!"

동시에 종삼관의 입에서 날카로운 비명이 터져 나왔다. 적풍의 검이 태산 같은 검영으로 일으켜 그대로 종삼관을 쓸어버린 것이다.

"끄으으!"

종삼관의 입에서 참을 수 없는 고통의 신음이 흘러나왔다.

그의 모습은 처참했다. 폭풍이 쓸고 간 마을처럼 그의 전신에 혈흔이 난자했다.

옷은 갈가리 찢겨져 애초에 넝마주이였던 사람처럼 느껴질 정도였다.

"너… 너……!"

종삼관이 말 위에서 자신을 내려다보고 있는 적풍을 향해 힘겹게 손을 들다가 그대로 절명했다. 천하를 주름잡던 비산문의 고수로서는 비참한 종말이 아닐 수 없었다.

"감당이 안 되는 놈일세."

적풍이 죽은 종삼문 앞에서 신검을 들어 올리며 중얼거렸다.

물론 종삼관을 잡아야 한다는 생각에 제대로 힘을 쏟아부은 것은 맞았다. 그러나 그렇다고 종삼관을 죽인 방금 전의 초식 같은 것을 기대했던 것은 아니었다.

그러므로 종삼관을 갈대처럼 꺾어버린 그 무공은 온전한 그의 것이 아니었다. 그건 그와 이 기이한 신검이 함께 만들어낸 합작품인 것이다.

위력을 더할 수 있는 명검의 존재는 무인에게 큰 도움이다. 그러나 그 검이 통제되지 않을 때 무인을 극도의 위험에 빠뜨릴 수도 있었다.

하지만 이상하게 그런 걱정을 하면서도 전왕의 검이 보인 전율적인 위력이 마력처럼 적풍의 마음을 사로잡기도 했다.

"세상을 모두 벨 수 있을 것 같단 말이지. 마치 초원의 모든 것 위에 군림하는 사자처럼 말이야. 보자… 네놈이 여러 개의 이름을 가졌다고 했지? 그럼 나도 이름 하나 새로 붙여주마. 난 널 사자검이라 부르겠다. 나와 같이 무림을 초원처럼 쓸어보자꾸나."

적풍이 씨익 미소를 지었다. 걱정은 한순간에 날아갔다. 대신 그 자리를 강한 자의 호방함이 차지했다.

"다… 당신 누구요?"

문득 등 뒤에서 혈랑대주의 목소리가 들렸다.

적풍이 고개를 돌려 보니 어느새 다가온 혈랑대주가 두려운 눈빛으로 적풍을 바라보고 있었다.

'아주 마음에 들어!'

예상치 않은 선물도 있었다. 혈랑대주가 적풍을 두려워하고 있었다. 이것이야말로 어쩌면 가장 큰 소득일 수 있었다.

혈랑대주 같은 자는 죽음으로도 위협할 수 없는 자다. 그런 자에게 두려움을 심어줬으니 이제 그가 적풍이 원하는 사람이 되는 것은 그리 어려운 일도 아닐 것이다.

"보았으니 알 텐데?"

천천히 말에서 내리며 적풍이 대답했다. 두 사람이 이제 같은 높이에서 시선을 마주했다.

"신혈족이오?"

종삼관을 공격할 때 적풍의 등을 휘감았던 그 검은 기운을 이골마족인 혈랑대주가 몰라볼 리 없었다.

"그대 역시 그렇더군."

"그래서……."

"핏줄이 당겨서 도와준 것은 아니야. 내게 필요한 일이기에 관여한 거지."

적풍이 투박하게 대답했다.

"그런데 말이오… 젠장, 언제 봤다고 계속 하대요? 나이도 내가 훨씬 많은 것 같은데……."

"그럼 수하에게 존대를 할까?"

"수하?"

두려움이 가득했던 혈랑대주의 눈가에 얼핏 노기가 엿보인다.

"약속했지 않은가?"

적풍이 당연히 요구할 것을 요구했다는 듯 말했다.

"친구 정도로 해둡시다."

"그럼 한판 붙어야 할 텐데?"

적풍이 차갑게 굳어진 얼굴로 사자검을 잡아갔다.

"뭐하는 짓이오?"

혈랑대주가 자신도 모르게 훌쩍 뒤로 물러났다.

"난 배신은 용납 못 해."

"제길, 배신은 무슨 배신! 내가 언제부터 당신 수하였다고?"

"도와주면 날 따르겠다고 당신 입으로 말했다. 그 순간부터 당신은 내 수하가 된 거야."

적풍이 얼굴색 하나 변하지 않고 말했다. 틀린 말은 아니어서 혈랑대주도 쉽게 반박하지 못했다.

"시간이 없다고 말한 건 내가 아니라 당신이었지?"

적풍이 정말 사자검을 빼 들었다.

우우웅!

다시 빛을 본 사자검이 강렬한 기운을 일으켰다.

"도대체… 그게 무슨 검이오?"

혈랑대주가 물었다. 주종의 관계를 따지는 와중이지만 궁금한 것은 궁금한 것이었다.

"난 이놈을 사자검(獅子劍)이라고 부르기로 했어. 맹수 중의 맹수란 뜻인데… 이놈이 좋아할지는 몰라. 왜냐하면 다른 이름도 많이 가지고 있는 놈이거든."

"다른 이름도 많다면 설마… 전마의? 아니, 아니야. 전마가 죽은 지가 언젠데."

혈랑대주가 화들짝 놀라며 소리쳤다.

"알아?"

"정말 전마의 검이 맞는 거요? 당신… 검은 사자들의 후예요?"

혈랑대주가 경악스런 표정으로 쉬지 않고 물었다.

"그렇게 묻는 걸 보니 이 검에 대해 알고 있단 뜻이군."

"설마 그들이… 살아 있소?"

"살아 있었으면 이십오 년 동안 가만있었겠어?"

"하긴… 어쨌든 당신은 그들의 후예가 맞는 거요?"

"상상에 맡기지!"

적풍이 부인하지는 않았다.

"당신과 같은 사람이 또 있소?"

혈랑대주의 눈빛이 지금까지완 다르게 기대로 번쩍였다.

"아니, 없어. 난 혼자야."

적풍의 말에 혈랑대주가 실망한 기색을 감추지 못했다.

"더 있다면 어쩌려고?"

"알 것 아니오, 내가 지금까지 어떻게 살아왔을지……. 검은 사자들의 후예들이 뭉치면 더 이상 쫓기는 삶을 살지는 않을 것 아니오?"

"지금도 불가능한 건 아니지."

적풍이 대답했다.

"당신 능력이 대단하다는 것은 알겠소. 그러나… 전마께서 검은 사자들을 이끌고 천하를 종횡할 때 그 숫자가 일백여 명은 되었다고 알고 있소. 그러나 일백의 검은 사자가 있었음에도 결국 죽고 말았소. 하물며… 비록 그의 검이 당신 손에 있다 해도!"

아무리 적풍의 무공이 대단해도 전마 적황과는 견줄 수는 없다는 것이 혈랑대주의 생각이었다.

"난 그와 좀 다르지."

적풍이 무덤하게 대답했다.

"어떻게 말이오?"

"내가 아는 한 그는 세상엔 욕심이 없었어. 다른 일에 관심이 있었지. 하지만 난 달라. 난 세상에 아주 관심이 많다고!"

"전마께서 다른 일에 관심이 있었다니 그게 무슨 말이오?"

"정확히는 나도 몰라. 그런 게 있었다고 듣기만 했지. 뭐 나중에 알게 될 날이 있겠지. 아무튼 말이야, 전마는 오직 신혈족만을 수하로 거뒀지만 난 달라. 난… 신혈족으로서가 아니라 사람으로서 세상에 나갈 거니까."

"신혈족임을 숨기겠다는 거요?"

"부정하겠다는 말은 아니야. 하지만 군이 앞세울 생각도 없어. 사실 그리 도움이 되는 핏줄은 아니니까. 그리고 신혈족이라도 뭐 다른가? 그저 조금 특별한 재주를 지닌 인간일 뿐이지."

"사람들은 그렇게 생각하지 않소."

혈랑대주가 고개를 저었다.

"그래서 더더욱 신혈족임을 내세울 필요가 없다는 거야. 아무튼 내 계획은 간단해. 강호에 나가 세상에 군림할 힘을 가질 거야. 그렇게 되면 어쨌거나 신혈족의 안위도 자연스레 보장되겠지. 그러니까 신혈족의 생존이 당신이 원하는 거라면 걱정할 필요 없어. 내가 그렇게 만들 테니까."

"정말 광오하구려. 그건… 거의 불가능한 일이오."

혈랑대주가 실망한 표정으로 중얼거렸다. 적풍의 말을 젊은 나이의 치기 같은 것으로 생각하는 모양이었다.

"가능하고 말고는 상관없어. 난 더 이상 도망자로 살지는 않겠다는 거니까. 그런데 당신은 계속 마적질이나 하고 도망이나 다니며 살고 싶다는 건가?"

적풍이 조롱하듯 물었다.

"무모한 일에 목숨을 내던질 만큼 어리석지는 않소."

"바로 그거야. 나와 약속을 어기는 것이 얼마나 무모한 일인지 느꼈을 거 아닌가? 목숨을 내던져야 가능한 일이야."

적풍이 묘하게 말을 틀어 혈랑대주를 협박했다.

"정말 날 죽이겠다는 거요?"

"세상을 가져 보겠다는 나다. 그런데 어찌 배신자를 용납할까. 그래서는 세상은커녕 한 문파도 건사하지 못하지."

적풍이 단호하게 말했다.

"그래서는 날 굴복시킬 수 있을지언정 내 마음을 얻지는 못할 거요."

"생각보다 순진하군. 사람 마음을 어떻게 얻어? 단지 힘과 이득을 가지고 거래를 할 뿐이지. 난 사람을 믿지 않아."

"편협하구려."

"정직한 거지."

적풍의 대답에 혈랑대주가 잠시 침묵을 지켰다. 아주 짧은 침묵이었지만 마치 긴 시간 여행을 다녀온 듯한 기분이 드는 순간이었다.

"좋소. 당신을 따르겠소."

"잘 생각했어."

"하지만 조심하시오. 당신 말대로 언제 당신을 배신할지 모르니까."

"그 충고 명심하지. 나도 한 가지 충고할까?"

"뭐요?"

"당신도 조심해. 배신할 기색이 보이면 내가 먼저 당신을 벨 거니까. 알겠지만 난 조금도 망설이지 않을 거야."

순간 혈랑대주는 지금 적풍이 한 말이 그 어떤 협박보다도 무서운 말이라는 것을 육감으로 느꼈다.

"난 정말 무서운 주인을 모시게 됐구려."

"하지만 아주 즐거울 거야. 함께 세상을 뒤흔들 거니까. 그나저나… 이러다가 다 죽겠어."

"……?"

"당신 수하들 말이야."

"아!"

그제야 혈랑대주가 뒤에 남아 북산맹의 고수들과 싸우고 있는 혈랑대원들을 떠올렸다.

"젠장!"

혈랑대주가 훌쩍 말 위에 날아올랐다. 그러고는 질풍처럼 말을 몰아가기 시작했다.

"이봐! 그건 내 말이야!"

적풍이 소리쳤다.

"주군은 천천히 오시오."

"뭐 저런 수하가 다 있어?"

적풍이 황망한 표정을 지으며 중얼거렸다.

도가 허공을 가르자 한 줄기 핏줄기가 솟구쳤다.

그리고 강호의 절정고수 한 사람이 쓰러졌다. 북산맹 천룡문이 자랑하는 고수 이사명이다.

그의 명성에 비하면 너무 허무한 패배였다.

혈랑대주가 돌아왔을 때 혈랑대와 북산맹의 고수들은 겨우 스무명 남짓 살아 있었다.

동패구상!

그 말이 딱 들어맞는 상황이었다.

혈랑대에서 살아남은 자들의 숫자가 열대여섯 정도, 반면 북산맹의 고수 중 살아 있는 자는 네 명에 지나지 않았다.

이 결과는 비록 악명이 높았다지만 강호의 변방, 척박한 오지에서 마적질이나 하며 살아가던 혈랑대로서는 엄청난 성과였다.

물론 싸움이 이렇게 된 것은 혈랑대주가 종삼관과 천행원을 유인했기 때문이었다.

그래서 혈랑대주가 다시 전장에 나타났을 때 그의 등장만으로도 싸움은 이미 끝난 것이나 마찬가지였다. 그를 추격했던 북산맹의 두 고수가 돌아오지 않았다는 것은 두 사람이 죽었다는 것을 의미했다.

당연히 혈랑대주의 등장이 살아남은 혈랑대원들의 사기를 크게 끌어 올렸다.

반면 살아 있던 네 명의 북산맹 고수는 큰 충격에 빠질 수밖에 없었다.

그 충격으로 인해 그들은 본래 실력과 다르게 급격히 전의를 상실했고 급기야 혈랑대 마적들의 도검에 맥없이 쓰러져 갔다.

그나마 마지막까지 남아서 놀라운 저력으로 혈랑대 마적들을 상대한 사람은 오직 이사명 한 명뿐이었다.

그러나 그 역시 혈랑대 마적들의 합공에 손발이 묶이더니 결국 돌아온 혈랑대주의 칼에 무릎을 꿇고 만 것이다.

"대주!"

오만한 눈길로 발아래 무릎 꿇은 이사명을 바라보고 있던 혈랑대주가 고개를 돌려 자신을 부르는 수하 율사를 봤다.

"수고했어."

"무사하셔서 다행입니다."

"운이 좋았어."

"그 둘은……"

"죽었어."

혈랑대주의 말에 모든 내공을 잃고 너부러져 있던 이사명의 몸이 부르르 떨렸다. 혈랑대주가 돌아온 것을 보고 그들에게 변고가 생겼다는 것을 짐작하기는 했지만 그래도 일말의 희망을 갖고 있던 이사명이었다.

그런데 혈랑대주가 자신의 입으로 이사명의 실낱같던 희망을 깨끗하게 잘라 버린 것이다.

"악독한 놈들입니다."

율사가 죽어 넘어져 있는 북산맹의 고수들을 둘러보며 이를 갈았다. 초원을 주름잡는 마적이 지껄이기엔 어울리지 않는 말이다.

"보자… 열다섯?"

혈랑대 중 살아남은 사람의 숫자다.

"손실이 큽니다."

율사가 마치 자신의 잘못인 양 고개를 조아렸다.

"어쩔 수 없는 일이지. 내 밑으로 들어와 마적질을 해먹기로 결심한 순간부터 이런 죽음은 언제나 예정돼 있었던 거니까."

"그렇기는 하지만… 이젠 어쩌하실 것인지요? 본거지로 돌아갈 순 없습니다. 그리고 서둘러 움직여야 합니다. 아마도 명의 장수 왕계란 자가 오고 있을 겁니다."

"알고 있어."

"어디로 가시겠습니까?"

율사가 다시 물었다.

"내가 결정할 일이 아니다."

"예?"

율사가 황망한 표정으로 혈랑대주를 바라봤다. 혈랑대의 행보를 그가 아니면 누가 결정한단 말인가.

"그가 결정할 것이다. 앞으로 우리의 행보는."

혈랑대주가 쓴 약을 뱉듯 말을 뱉고는 슬쩍 고개를 돌려 그가 왔던 방향을 바라봤다.

적풍이 멀리서 천천히 걸어오고 있었다.

"누굽니까?"

율사가 경계심을 품고 물었다.

"글쎄. 쉽게 설명이 잘 안 되네. 일단 겪어봐."

"예?"

"이제 난 그의 사람이다. 그를 주군으로 모시기로 했어. 그렇다고 너희까지 그를 따를 필요는 없다. 이제 각자 자기 갈 길로 가면 된다."

"아니, 도대체 저자가 누굽니까?"

어느새 혈랑대주 곁으로 모여든 마적 중에서 온몸에 피칠을 한 수하 대발이 화통같이 큰 소리로 물었다.

"나도 잘 모른다잖아!"

혈풍랑주가 화를 냈다.

"그런 자를 왜……?"

"그가 내 목숨을 구해줬어. 퉷!"

혈랑대주가 쓴 침을 뱉었다.

"그럼 북산맹의 그 두 노적은……?"

"그가 죽였어."

"아……!"

혈랑대주의 말에 마적들이 나직하게 탄식을 흘렸다. 그러고는 다가오는 적풍에게 새삼스레 혈랑대의 시선이 모아졌다.

제5장
늑대들을 얻다

명의 장수 왕계가 날랜 기병 수백을 몰고 전장에 도착했을 때는 이미 모든 것이 끝나 있었다.

눈앞에 펼쳐진 광경이 왕계를 아연실색하게 만들었다.

초원에 너부러진 시신들이야 수십 년 전장을 누벼온 왕계에게 특별할 것이 없었다. 그러나 그 시신들 속에 누워 있는 자들의 신분이 그를 당황케 만들었다.

북산맹의 고수들, 원의 잔당을 추격하는 서달의 원정군에 포함되어 마치 이 세상 사람이 아닌 양 도도하게 굴던 그 대단한 자들이 몰살을 당한 것이다.

그건 비록 왕계가 평소 그들을 고깝게 생각하고 있었다 해도 당황하지 않을 수 없는 일이었다.

그들의 행동이야 어찌 되었든 그들의 무공이란 것은 대명의 장수라도 감히 상대할 수 없는 것이기 때문이었다.

"그 마적놈들이 이렇게 셌나?"

왕계가 코를 씰룩이며 중얼거렸다. 당황한 것은 당황한 것이고, 그동안 오만하게 굴던 북산맹의 무림고수라는 자들이 죽어 자빠진 것이 한편으로는 통쾌하기도 했다.

하지만 결국 그들의 죽음은 큰 손해다. 더군다나 혈랑대란 마적들이 생각보다 훨씬 강한 놈들임이 증명됐다.

"이거… 벌집을 건드린 건 아닌지 모르겠군."

왕계가 고개를 주억거리며 중얼거렸다.

북산맹의 무림고수들을 전멸시킬 정도면 명의 원정대에 어떤 형태로든 복수를 할 수도 있기 때문이었다.

숫자는 비교할 수 없으니 백주대낮에 정면으로 공격할 리는 없겠지만 야음을 이용해 원정대의 약점을 공격한다면 적지 않게 골치 아파질 수 있었다.

더군다나 혈랑대의 마적이야말로 초원와 대막의 지리에 정통한 자들이 아니던가.

"서둘러 대장군을 뵈어야겠군. 이봐라!"

"예, 장군!"

뒤에 있던 비장이 대답했다.

"시신들을 챙겨라. 도적놈들은 그냥 놓아두고 북산맹의 사람들은 모두 챙겨라. 그래도 동행하던 사이인데 시신이라도 가져다줘야지."

"알겠습니다."

"서둘러라."

"예, 장군!"

비장이 대답을 하고는 급히 병사들을 움직이기 시작했다.

"다행입니다."

율사가 한숨을 내쉬며 말했다.

왕계가 이끄는 명의 추격군이 전장을 떠나 물러가는 것을 확인한 후에 보인 반응이었다.

"뭘 할 수 있었겠어."

혈랑대주가 이번에 얻은 명검 태일을 검신을 천으로 닦으며 당연한 일이라는 듯 말했다.

"그래도 혹시 주변을 수색하지 않을까 걱정했습니다."

"율사, 넌 너무 소심한 면이 있어."

"신중한 거지요."

"좋아. 신중하다 치고… 내가 분해서 견딜 수가 없네."

"그건 또 무슨 말씀이십니까?"

"저놈들 말이야. 결국 내 터전을 박살 내고 말았잖아."

"허튼 생각 마십시오. 살아남은 것만도 다행입니다."

율사는 혈랑대주의 성격을 누구보다 잘 알고 있었다. 혈랑대주가 초원의 마적들을 끌어모아 악명 높은 마적단을 구성할 수 있었던 이유 중 하나는 그의 독한 심성 때문이었다.

받은 것은 반드시 돌려준다. 이것이 혈랑대주가 살아가는 방식이었다. 그로 인해 그의 보복은 언제나 처절하고 독했다. 그런 그의 독심을 한 번 경험한 자는 반드시 그에게 복종하지 않을 수 없었다.

그러나 이번에는 다르다. 상대는 대명의 원정군이 아닌가. 숫자만도 수만에 이르는 대병이다. 그런 자들을 상대로 무슨 복수를 할 수 있을까.

오히려 섣불리 원정군을 공격했다가는 전멸을 면치 못할 것이다. 살아남은 혈랑대원이 겨우 열다섯이니 애초에 공격은 불가능한 일이었다.

"설마 내가 원정군에 쳐들어가겠느냐? 하지만… 불장난은 할 수 있지."

"그게 무슨 말이십니까? 불장난이라뇨?"

율사가 불안한 표정으로 물었다.

"장성에서 이곳까지 거리가 얼마냐?"

"그야 수천 리죠."

"그럼 놈들에게 가장 중요한 건 뭐겠어?"

"그야 당연히 군량이죠. 낭왕 설마?"

율사가 놀란 표정으로 혈랑대주를 바라봤다.

"놈들의 군량을 태운다."

혈랑대주가 살기를 드러내며 말했다.

"불가능한 일입니다. 그자들도 군량이 생명줄이란 걸 알고 있을 텐데. 분명 수천의 군사가 지키고 있을 겁니다."

"율사, 생각보다 아둔하구나."

"그게 무슨 말씀이십니까?"

율사가 기분이 상한 듯 되물었다. 지금까지 율사는 혈랑대의 지낭(智囊) 역할을 해온 자였다.

"누가 군량을 쌓아놓은 곳을 공격한다고 했어?"

"그럼 어딜… 아! 남쪽으로 가실 생각이시군요?"

"후후, 주군이 남쪽으로 간다고 하더라고. 그러니 가는 길에 재미 좀 보자는 말이지. 군량을 운송하는 길이야 빤하니까… 더군다나 남쪽으로 갈수록 경비도 허술해질 것이고……."

"과연 그렇군요. 우린 숫자도 적으니 놈들의 눈을 피할 수 있을 겁니다."

"아주 제대로 갚아주겠어!"

"그런데… 허락할까요?"

"뭘?"

"그가 말입니다."

율사가 눈짓으로 바위에 앉아 물러가는 명의 군사를 보고 있는 적풍을 가리켰다.

"글쎄……."

혈랑대주가 고개를 갸웃했다.

"아마 허락지 않을 겁니다. 사람은 누구나 자신과 상관없는 일에 관여하기를 싫어하지요."

"말 잘했다."

"예?"

율사가 의아한 눈으로 혈랑대주를 바라봤다.

"네 말대로라면 그와 상관있는 일로 만들면 되지 않느냐?"

"어떻게 말입니까?"

"혈랑대를 해체하겠다!"

"낭왕, 그게 무슨 말이십니까?"

율사뿐 아니라 다른 혈랑대 마적들도 화들짝 놀라 혈랑대주 곁으로 다가들었다.

"어차피 그를 따르기로 한 이상 혈랑대는 사라질 운명이다. 혈랑대의 마지막을 기념해서 빚을 갚겠다면 그도 승낙할 거야. 그는 무척 호전적인 사람이거든."

"혈랑대를 해체하면 우린 어떻게 합니까?"

대발이 따지듯 물었다.

"그야 너희 자유다. 나처럼 그를 따르든 아니면 떠나든!"

"낭왕! 그건 너무 무책임한 말씀 아닙니까?"

다시 대발이 따졌다.

"내가 언제 너흴 책임진다고 했느냐? 너희가 스스로 날 따른 거지."

"그… 그거야 그렇지만……."

대발이 말을 더듬었다. 그러자 혈랑대주가 정색을 하고 말했다.

"잘들 들어둬. 저 사람은 보통 사람이 아냐. 무공도 뛰어나지만 그만큼 야심도 많지. 그를 따르게 되면 매순간 위험에 처하게 될 거야. 싸움을 피하는 성정이 아닌 듯하거든."

"그렇게 위험한 자를 왜……?"

대발이 불만스런 표정으로 물었다.

"어쩔 수 없었다. 그가 도와주지 않았으면 내가 죽었을 거니까. 내가 살아와서 너희도 산 것 아니냐?"

혈랑대주의 말에 혈랑대 마적들이 말없이 고개를 끄떡였다.

"그렇다고 너희도 그에게 빚을 갚으란 말은 아니다. 그건 내 몫이니까. 그런데 말이다, 사실 내가 그를 따르려고 하는 것은 꼭 그에게 빚을 졌기 때문은 아니야."

"그럼 뭐 때문입니까?"

"기대감 때문이지."

"......?"

"그를 따라다니면 아주 재미있는 일이 벌어질 것 같거든. 위험하긴 하지만 그만큼 이득도 있을 것 같고… 마치 그 옛날……."

혈랑대주가 무슨 말을 하려다가 입을 닫았다. 차마 자신의 입으로 그 옛날 전마 적황이 만들었던 검은 사자들의 시간 같은 것을 기대한다는 말은 할 수 없었다.

혈랑대주가 이골마족임은 혈랑대의 마적들에게는 알릴 수 없는 비밀이었다. 그 사실을 알고 있는 사람은 오직 한 명, 오랫동안 그를 따른 율사밖에 없었다.

"위험한 꿈을 꾸시는군요."

율사가 어두운 표정으로 말했다.

"위험해도 좋아. 재미있잖아? 이대로… 살다 죽는 건 너무 우울해!"

혈랑대주가 나직하지만 단호한 목소리로 말했다.

"결심이 서셨다면 저도 낭왕을 따르지요."

"서둘 것 없어. 함께 갈지 아닐지는 원정대 놈들의 군량을 불태운 이후에 결정하면 되니까. 그리고 사실 군량을 공격하려는 이유는 반드시 복수 때문은 아니다."

"다른 이유가 있습니까?"

"놈들이 우리가 숨겨두었던 재물들을 모두 걷어 갔을 거야. 그러니 우린 지금 빈털터리다. 형제들을 떠나보내면서 빈손으로 보낼 수야 있나."

"낭왕! 정말 우리와 헤어질 생각을 하시는군요."

"말했지만 너무 위험해. 함께하기에는!"

혈랑대주가 고개를 돌려 다시 적풍을 보며 말했다.

"지금까진 뭐 안 위험했습니까?"

대발이 투덜거렸다.

"그래서 너희가 직접 선택하라는 거다."

"알겠습니다. 시간이 있으니 천천히 생각해 보지요."

율사가 침착하게 대답했다.

"그렇게 하든지."

적풍은 혈랑대가 남쪽으로 이동해 명 원정군의 군량 보급로를 공격하겠다는 것을 순순히 허락했다.

빚을 졌으면 반드시 받아내야 한다는 생각 때문이기도 했지만, 사실은 혈랑대주를 좀 더 확실하게 자신의 사람으로 만들고 싶은 마음 때문이기도 했다.

적풍은 혈랑대주가 원정군의 군량을 공격하는 게 어떤 의미인지 잘 알고 있었다.

그저 화풀이하는 것만이 아닐 것이다. 그 일을 통해 혈랑대주는 혈랑대를 깨끗하게 정리하려는 것이다. 그러니 그 정도 청은 들어줘야 했다.

그렇게 한바탕 화풀이를 하기로 결정한 적풍과 혈랑대는 먼 북방의 초원을 떠나 따뜻한 남쪽을 향해 남하하기 시작했다.

*　　　　*　　　　*

"마군을 뵈옵니다!"

노인은 고개를 들지도 못했다. 지옥처럼 어두운 석동, 등 뒤로 뜨거운 불길을 받으며 중년의 사내가 앉아 있었다.

신장(神將)을 연상케 하는 거대한 몸집, 두 눈에서는 불같은 안광이 줄기줄기 흐르고 있었다.

보통 담력이 아니라면 마주할 수조차 없는 강력한 기운을 지닌 자다.

"알아봤느냐?"

사내가 물었다.

"그들을 모으는 일은 쉽지 않을 것 같습니다."

"이유는?"

나직하게 말해도 호랑이가 으르렁대는 소리가 났다.

"그들은 지난 수십 년간 철저히 사냥당한 듯합니다."

"누구에게?"

"북두회에서 한 일인 듯합니다."

"북두회라. 그럴 만하지. 호되게 당했다니까. 그런데 이상한 일이야."

"……?"

감히 반문하지 못하고 노인이 고개를 숙인 채 침묵을 지켰다.

"그가 어째서 무림을 그대로 두었을까? 그에게는 이곳을 평정할 힘이 있었을 텐데……."

"감히 아룁니다."

"말하라!"

"아마도 명월문의 문주 때문이 아니었나 생각됩니다."

"법황?"

"그렇습니다. 그가 문(門)을 열기 위해 북두회의 일곱 문파에게서 칠보를 거둬들이던 시기에 월문의 법황이 동행을 했다니 그로 인해 강호에 대한 욕심은 저지되었을 겁니다."

"음… 그럴 수도 있겠군. 거래가 가능한 일이야. 칠보의 위치를 아는 자는 오직 법황뿐이었을 테니 칠보를 거둘 수 있게 해주는 대신 강호를 보전하려 했겠지."

"사람들이야 전마가 활동하던 시기를 최악의 시절이라고 생각하겠지만 그건 전마의 무서움을 모르기 때문에 하는 소리가 아니겠습니까? 전마가 제대로 마음먹었다면……."

"그러게 말이야. 그저 이 땅에서 왕 노릇이나 하지, 뭐하러

문을 열어서는. 아무튼 그래서 북두회에 모인 패배자들이 이 골마족을 사냥하게 되었다는 거군."

"그렇습니다."

"그래도 또 이상한 일이다."

"……?"

노인이 이번에도 묻지 못하고 사내의 말을 기다렸다.

"이골마족이 사냥하고자 한다고 쉽게 사냥당할 종자들은 아니지 않은가?"

"이번에 그 이유를 알았습니다."

"무엇이냐?"

"북두회의 배후에 명월문이 있었습니다."

"법황이?"

"그는 아닌 듯합니다."

"현월이든 명월이든 월문에서 법황은 절대적 존재다. 그가 아니면 누가 월문의 문도를 움직이겠는가?"

"알아본 바에 의하면 의천노공은 오래전부터 강호에 모습을 보이지 않았다고 합니다. 대신 월문 출신의 인물이 북두회의 배후에 있었습니다."

"월문의 문도가?"

"그렇습니다. 북두회에서 그의 존재를 아는 자들은 그를 묵안노 흑야라는 별호로 부른다고 합니다."

노인이 대답했다.

"묵안노 흑야라… 흐흐흐 월문의 법술쟁이들은 언제나 그런 신비한 척하는 별호를 쓰지. 이름은?"

"마한이라 들었습니다."

"그럼 결국 지금 우리를 대적하고 있는 자는 바로 그로군."

"그렇습니다."

노인이 고개를 조아렸다.

"그에게 내 말을 전할 수 있느냐?"

"가능할 것 같습니다."

"좋아. 그럼 전하라. 나 염화마군 철륵은 전마와는 다르다고. 내겐 전마와 같은 아량이 없다고. 기한은 석 달, 그 안에 북두회의 버러지들과 함께 내게로 오라고 하라."

"아마도 오지 않을 겁니다."

"물론 그렇겠지. 하지만 움직이기는 할 게다. 지금은 먼저 북두회를 움직이게 해야 해. 우리의 세는 결코 그들을 따를 수 없다. 모았다고 해도 오합지졸! 그러니 저들을 먼저 움직이게 해야 한다."

"영명하신 판단이십니다."

노인이 머리를 조아린다.

"그리고 또 하나!"

"하명하십시오."

"이골마족들을 은밀히 찾아라! 강호를 다스리려면 아쉽지만 그 더러운 피를 가진 놈들이 필요하니까. 이 일은 총관 하근도 몰라야 한다."

"알겠습니다."

노인이 깊숙하게 고개를 조아렸다.

"지왕성을 짓는 것은 어찌 되었느냐?"

"총관 하근이 심혈을 기울이고 있습니다. 아마도 한 달 안에 드실 수 있을 것입니다."

"좋아. 그곳에서 잠들어 있는 형제들을 깨우고, 이골마족으로 지왕군을 만들겠다. 그 힘으로 무림을 평정한 후에… 그 후에 월문의 법황을 만나겠다. 세상의 모든 힘을 몰아 가면 법황이라고 별수 있겠나. 문을 열밖에! 그전에는 그를 피하는 것이 상책이지. 월문의 법황에겐 파마시가 있으니까. 일단 내가 문에 관심이 없다고 생각한다면 그도 움직이지 않겠지."

사내가 만족한 듯 고개를 끄떡였다.

＊　　　　＊　　　　＊

노인은 남루한 마의 차림에 대나무로 엮은 갓을 쓰고 있었다. 아침부터 내린 비가 제법 굵어져서 대나무 갓 위에 요란한 소리를 내며 떨어졌다.

노인은 그 와중에도 흘러가는 강물 위로 낚싯대를 드리우고 있었는데, 기이하게도 빗방울들이 그의 대나무 갓에만 떨어지고 그의 몸에는 닿지 않았다.

뿌연 안개 같은 것이 그의 몸에서 일어나서 그와 빗방울 사이에 막을 형성했는데 그 모습이 마치 우중에 때아닌 작은 달이 떠 있는 것 같았다.

"스승님!"

한순간 그의 등 뒤에 중년의 사내가 모습을 나타냈다. 중년 사내 역시 너른 갓을 쓰고 있었고, 비로부터 자유로워 보였다.

"무슨 일이냐?"

"그에게서 사람이 왔습니다."

"그라니 누구 말이냐?"

노인이 고개를 돌렸다.

그러자 갓 아래 감춰져 있던 노인의 얼굴이 드러났다. 월문의 이 인자, 의천노공의 사형으로 우서한을 중독시킨 바로 그 노인이었다.

세상에선 그를 묵안노 흑야라 부르고, 아주 드물지만 그의 본명을 아는 사람은 그를 마한이라고 불렀다.

그는 지금 그가 원했던 대로 강호무림의 중심에 있었다.

"염화마군이 사람을 보냈습니다."

흑야 마한의 대제자 돈오가 대답했다.

"철륵이?"

노인이 놀란 표정으로 되물었다.

"그렇습니다."

"음… 예상치 못한 일이군. 그래, 뭐라더냐?"

"그것이……"

마한의 제자 돈오가 말을 잇지 못하고 어물거렸다. 입에 담기 곤란한 전언임이 분명하다.

"말해보거라."

마한이 재촉했다.

"삼 개월 안에 북두회의 수장들을 데리고 자신을 만나러 오랍니다."

"후후후, 천하를 들어 자신에게 바쳐라?"

"그렇습니다."

"그답군. 광오한 자야."

흑야 마한이 잠시 생각에 잠겼다. 그러다가 갑자기 한바탕 광소를 터뜨렸다.

"핫하하!"

그의 웃음에 빗방울들이 튕겨져 나가는 것처럼 느껴졌다.

돈오는 그런 스승을 존경스러우면서도 조금은 두려운 눈으로 바라보고 있었다.

"나쁘지 않구나!"

"......?"

돈오는 스승의 마음을 알 수 없었다. 항복을 하러 오라는 말이 어째선 나쁘지 않다는 건가.

물론 사부가 염화마군이란 자를 만나러 갈 것은 아니지만 말이다.

"그의 요구에는 두 가지 의미가 있다."

마한이 웃음을 그치고 가르치듯 돈오에게 말했다.

"가르침을 주십시오."

"하나는 그가 아직은 자신의 힘을 원하는 만큼 회복하지 못했다는 뜻이다. 힘이 있다면 부르는 대신 직접 왔겠지. 피의 다리를 놓으면서 말이다."

"그렇군요. 그런데 그럼 왜 이런 전언을 보낸 것일까요?"

"우릴 먼저 움직이게 하려는 것이겠지. 움직이는 자에겐 허점이 생기게 마련이니까."

"다른 의미는 무엇입니까?"

"우리가 가지 않으면 어떤 식으로는 도발을 하게 될 것이다. 물론 힘이 온전하지 않으니 전면전은 할 수 없겠지. 하지만 또한 경고를 했으니 행동을 아니 할 수도 없을 것이다. 북두회의 외각을 칠거다. 그거야말로 북두회가 좀 더 내게 의지하는 계기가 되겠지. 사실… 그의 힘은 불완전해도 전율적일 테니까."

"그렇군요. 그를 상대할 사람이 몇이나 있겠습니까? 법황께서도 인정한 마족 중의 마족인데……."

"아무튼 좋다. 그가 전면에 나섰으니 북두회도 변신할 때가 되었구나."

"준비하겠습니다."

"빈틈없게!"

"명심하겠습니다."

      *   *   *

돌격은 새벽에 이뤄졌다. 지키는 자들에겐 가장 방심하기 쉬운 시간이었다.

밤의 기습을 대비하는 마음은 새벽빛이 들면 느슨해지게 마런이다. 그리고 자연히 자신도 모르는 사이에 경계심을 풀게 마련이다.

그래서 새벽녘 번을 서던 자 중에는 조는 자도 있었다.

북원의 몽골 왕을 쫓아 장성을 넘은 대장군 서달의 원정군은 시간이 지날수록 군량 부족으로 애를 먹고 있었다.

하루가 멀다 하고 후방으로 군량의 운송을 재촉하는 전령이 내달렸다. 그러니 군량을 운송하는 자들 역시 서둘 수밖에 없었다.

잠을 줄이고 밤낮으로 행군하는 자들에게 새벽녘의 단잠은 그야말로 꿀과 같은 것이었다.

혈랑대주는 그런 병사들이 마음을 꿰뚫고 있었다.

두두두!

갑작스런 말발굽 소리가 땅을 뒤흔들었다.

졸던 자들이 화들짝 놀라 눈을 뜬 후 사방을 둘러봤다.

"오호옷!"

괴물 같은 함성이 터져 나오면서 어스름한 빛을 뚫고 혈랑대가 적진을 향해 돌진했다.

수백 필의 말이 일으키는 먼지로 인해 혈랑대의 숫자를 가늠하기도 어려웠다.

"적이다!"

"군량을 지켜!"

오랜 행군에 지쳐 단잠에 빠져 있던 명의 군사들이 당황한 목소리로 소리쳤다.

그러나 잠결에 일어난 자들이 기습을 한 기병들을 막아내는 것은 거의 불가능에 가까웠다.

혈랑대는 단숨엔 적의 경계를 뚫고 들어가 군량을 가득 실은 마차로 다가갔다. 그러고는 말에 싣고 간 기름을 군량에 뿌리고 불을 붙였다.

화르르!

삽시간에 불길이 하늘로 솟구쳤다.

군량을 운송하는 병사들은 마치 대군이 쳐들어온 것 같은 착각에 빠져 속수무책으로 무너졌다.

사실 기습을 한 혈랑대의 숫자는 겨우 열다섯에 불과했다. 그럼에도 그들이 적진을 휘저을 수 있었던 이유는 그들이 끌고 온 말이 이백여 필이 넘기 때문이었다.

초원이 용사들이 말의 숫자를 늘려 병력의 수를 많게 보이게 만드는 것은 고전적인 수법이었다.

명의 원정군은 주로 장강 이남 출신들이라 이런 방식의 싸움에는 속수무책으로 속아 넘어갈 수밖에 없었다.

혼란 속에서 혈랑대주와 그의 수하들은 군량미를 실은 마차들을 재빨리 훑어보기 시작했다.

그러다가 다른 마차들과 다르게 군량을 싣지 않은 두 대의 마차를 발견하고는 망설이지 않고 그 마차들을 끌어냈다. 그들은 구름처럼 일어나는 먼지와 하늘 높이 솟구치는 불길 속에서 두 대의 마차를 끌고 도둑고양이처럼 적진을 벗어나기 시작했다.

혈랑대의 마적들이 마차를 끌고 떠난 이후에도 명군의 진지는 오랫동안 불타올랐고, 혈랑대가 풀어놓은 말들은 여전히 명군의 진지를 짓밟으며 질주했다.

명군들은 그 혼란 속에서 두 대의 마차가 사라진 것, 그리고 그 마차를 끌고 자신들을 습격했던 자들이 귀신처럼 사라졌다는 것을 미처 알아채지 못했다.

"낄낄낄! 멍청한 놈들 같으니라구!"

대발이 기분이 좋은지 연신 웃음을 터뜨렸다.

"속도를 멈춰라!"

혈랑대주가 마적들에게 명했다. 어느새 해가 중천에 떠올랐다.

"놈들의 추격은 걱정하지 않아도 되겠습니까?"

율사가 물었다.

"추격하지 못할 거다."

"왜 말입니까?"

"자신들을 공격한 것이 우리 혈랑대라고는 생각지 못할 테니까. 아마도 몽골의 기병들이라고 생각할 거야. 명이 비록 원을 북쪽으로 몰아냈지만 남쪽 사람들은 여전히 본능적으로 몽골인들에 대한 두려움을 갖고 있지. 매복이 무서워서라도 감히 추격에 나서지 못할 거야."

"그도 그렇군요."

율사가 고개를 끄떡였다.

그때 문득 낮은 초원의 언덕 위에 한 사람이 말을 타고 나타났다. 혈랑대를 기다리고 있던 적풍이었다.

"참 이상한 사람입니다."

적풍을 발견한 율사가 중얼거렸다.

"뭐가 말이냐?"

"애초에 이 기습을 허락했으면서 함께 가지 않은 것 말입니다."

"그만큼 자존심이 강한 거지."

"도적질은 하지 않겠다는 건가요?"

"그런 게 아니라 이런 하찮은 일은 하지 않겠다는 거야."

"명의 보급군을 공격하는 게 하찮은 일이라는 겁니까?"

"그에게는 그럴 것 같다."

"저런 사람을 믿고 따를 수 있겠습니까?"

"배신을 걱정하느냐?"

"그게 아니라 너무 도도하고 패도적이어서 큰일을 도모하기에는……"

"그런 면이 빈틈을 만들 수 있다는 것은 나도 안다. 하지만 꼭 앞뒤 분간을 못 할 사람은 아냐."

"어째서 그렇게 생각하십니까?"

"그가 살아온 삶을 아니까."

혈랑대주의 말에 율사가 놀란 표정을 지었다.

"그를 예전부터 알았습니까?"

"그건 아니지만 한 가지 사실을 아는 순간 그의 과거를 능히 짐작할 수 있었지."

"그게 무엇입니까?"

"율사… 넌 날 따라갈 거냐?"

혈랑대주가 대답 대신 율사의 결정을 물었다. 그 결정에 따라 답을 해줄 수 있다는 의미임을 율사가 모를 리 없다.

율사가 침을 꿀꺽 삼켰다. 막상 결정을 해야 할 시간이 되니 망설여졌다. 영원히 혈랑대주를 따를 것이란 맹세는 초원을 떠나야 한다는 생각에 이르자 망설여질 수밖에 없었다.

"꼭 그를 따라가야 합니까?"

율사는 계속 초원에 남고 싶었다. 마적이란 손가락질을 받아도 얼마나 자유로운 삶인가. 초원에선 결국 늑대 무리가 제왕이었다. 그리고 그들은 이 땅에서 늑대와 같은 존재였다.

그런 초원을 떠나 사람이 사는 곳으로 가서는 늑대는 결국 개가 될 뿐이다.

그런데 혈랑대주는 생각이 다른 모양이었다.

"뭐가 두려운 거냐?"

"초원을 떠난 늑대는 늑대가 아닙니다. 개 팔자죠."

율사가 투덜거리듯 말했다. 속마음을 숨길 때가 아니다.

"그래서 그를 따라가는 거다."

"무슨 뜻입니까?"

"내 생각에 우리끼리 세상에 나가면 네 말대로 우린 개가 되겠지만 그를 따라가면 여전히 늑대일 수 있을 것 같거든."

"뭘 믿고요."

"날 따라간다면 말해준다니까."

"…확실히 제가 모르는 뭔가가 있군요."

"그렇다."

혈랑대주가 고개를 끄떡였다. 그러자 율사가 침을 꿀꺽 삼켰다. 혈랑대주에게 이런 자신감을 준 게 뭔지 몹시 궁금했다.

"그게 뭔데요?"

결국 묻고만 율사다.

"듣고 따라가지 않으면 죽을 거야."

혈랑대주가 경고했다. 장난으로 한 말이 아니라는 것은 율사가 더 잘 안다. 하지만 지금은 도박패를 던질 때다.

"잘 알고 있습니다."

율사가 대답했다.

"그는… 나와 같은 사람이다."

"예?"

"신혈의 피… 그걸 가지고 있어."

"이골마족!"

율사가 화들짝 놀라며 입을 열었다. 물론 다른 혈랑대원들이 들을 수 없을 정도로 나지막한 소리긴 했다.

"이런 죽일 놈이? 내가 이골마족이라고 하지 말랬지?"

"죄, 죄송합니다. 저도 모르게 그만… 그러니까 그도 신혈족이란 말이군요."

"그래. 더군다나… 신혈족 중에서도 아주 강한 자의 혈통을 이은 것이 분명해. 그가 북산맹의 고수들과 싸우는 것을 봤는데, 아주… 내가 적이라면 오줌을 지리겠더라고!"

"그렇게 강했습니까?"

"강하고 말고의 문제가 아니라 기도의 문제야. 마치… 그 옛날 전마를 보는 듯했어."

혈랑대주가 아련한 눈빛으로 적풍을 보며 말했다. 뜻밖의 일이다. 혈랑대주는 전마 적황을 만난 적이 있는 모양이었다. 그의 나이로 보자면 아마도 무척 어린 소년이었을 때의 일이었겠지만……

"그렇게까지요?"

율사가 반문했다.

"그렇다니까. 아니면 내가 이 짓을 그만둘 생각을 했겠느냐? 어때, 큰 패가 될 것 같지 않아?"

혈랑대주의 말에 율사가 침을 꿀꺽 삼켰다.

율사는 이골마족이 아니면서도 이골마족에 대해 많은 것을 알고 있었다.

혈랑대주는 율사가 온전히 자기 사람이 되었다고 확신했을 때 그에게 이골마족에 대한 이야기를 해줬다. 이유는 간단했다. 추격자들로부터 몸을 숨기는 데 율사의 머리가 필요했기 때문이었다.

사실 혈랑대라는 마적단이 탄생한 것은 율사의 제안 때문이었다. 초원의 마적으로 살아가는 것이 추격자들로부터 몸을 숨길 수 있는 가장 좋은 방법이라고 율사가 조언했던 것이다.

그런 율사이므로 이골마족의 힘을 안다. 선천적으로 타고난 그 기이한 능력을 가끔 부러워하기도 했었다.

그런데 낭왕이 주군으로 따르기로 한 자가 이골마족 중에서도 특별한 능력을 지닌 자라니 흥미로운 일이 아닐 수 없었다.

"변수군요."

율사가 중얼거렸다.

"후후, 관심이 생겼지? 그럼 함께 가겠지?"

혈랑대주가 만족한 표정으로 물었다.

"그러겠습니다. 사실 궁금합니다. 낭왕께서도 인정하신 신혈족은 어떤 힘을 가지고 있는지……. 그러면 장성 너머 세상에 가서 우릴 개가 아닌 늑대로 살게 해줄 수 있을 것 같기도 하고요."

"그래. 나도 그걸 기대해. 뭐… 반반의 가능성이지만 본래 사는 게 도박판 아니겠느냐."

"지당하신 말씀입니다."

결심을 굳힌 율사는 더 이상 세상에 나가는 것을 두려워할 사람이 아니다.

마음먹기가 어렵지 일단 결정하면 그 일에 목숨을 거는 율사였다.

"좋아. 그럼 그를 따라가기 전에 이곳에서 우리 일도 정리를 하자고!"

문득 혈랑대주가 말을 세웠다. 그러자 십여 장 뒤에서 두 사람을 따라오고 있던 혈랑대의 마적들도 걸음을 멈췄다.

"모두 수고했다. 죽은 사람은 없느냐?"

"한 사람도 죽지 않았습니다!"

대발이 시원하게 대답했다.

"좋아. 형제들의 복수를 제대로 해줬으니 속이 시원하다. 복수도 했으니 이제… 그만 우리 일을 마무리 지을 때가 되었다."

혈랑대주의 말에 혈랑대 마적들의 표정이 갑자기 심각해졌다. 그런 수하들을 보며 혈랑대주가 말을 이었다.

"오늘 가져온 마차에는 값나가는 물건이 제법 있다. 명군들이 원정군의 보급품을 마련하기 위해 가져가던 금자도 막대하다. 그쯤이면 우리 모두가 나눠 가져도 각자 한 살림씩 차릴 수 있을 것이다. 이것이 나 낭왕 준갈이 혈랑대주로서 너희에게 주는 마지막 선물이다!"

"낭왕! 정녕 혈랑대를 해체하시렵니까?"

대발이 서운한 표정으로 물었다.

"불가피한 일이다. 우리가 북산맹의 고수들을 죽인 것, 그리고 원정군의 보급로를 공격한 사실은 언젠가는 드러날 일이다. 이제 무림이든 명의 관군이든 혈랑대를 주살하기 위해 사람들을 동원할 것이다. 그래서야 우리가 편히 살 수 있겠느냐? 이젠 각자의 길을 갈 때야."

"낭왕!"

혈랑대원들이 아쉬운 표정으로 낭왕을 불렀다. 그러나 이미 결심이 선 낭왕이 다시 혈랑대주가 될 일은 없었다.

"모두 알다시피 난 새로운 주군을 모셨다. 난 그분과 함께 무림으로 갈 것이다. 모두가 알다시피 무림은 초원에서 마적질이나 하는 것과는 비교할 수 없이 위험한 곳이다. 모두 북산맹의 고수들을 상대해 봐서 잘 알 것이다. 그러니… 이제 너희도 날 떠날 때가 된 것이다."

혈랑대주의 말에 혈랑대의 마적들이 숙연한 표정을 지었다. 초원에서 자신들의 시간이 끝났음을 그들은 느끼고 있었다.

그리고 그중 대부분은 자신들이 혈랑대주 낭왕 준갈을 따라갈 수 없음도 알고 있었다.

그를 따라 강호로 나가기에는 그들의 실력과 담력이 모두 부족했다. 애초에 혈랑대라는 것이 충성심보다는 살기 위해 모인 자들이었으므로 더더욱 이젠 스스로 살길을 찾아야 할 때였다.

"난 함께 가겠습니다."

언제나 특별한 자들은 존재한다. 대발 역시 그런 자였다.

"죽을 수도 있어."

"그래도… 난 낭왕과 함께 가겠습니다."

"알겠다. 대발 너는 예상했지."

"율사 넌?"

대발이 낭왕 준갈 옆에 서 있는 율사에게 물었다.

"나야 이미 말씀드리지 않았습니까."

"흐흐, 그래도 다시 한 번 확인하고 싶어서. 네놈이 함께 간다니 마음이 조금 놓이는군."

대발이 만족한 듯 고개를 끄떡였다.

그날 그렇게 혈랑대는 초원 위에서 해체됐다.

한 시절 초원을 질주하며 명성을 떨쳤던 것을 생각하면 초라한 최후였다고도 할 수 있었다.

그러나 그들은 처음부터 알고 있었다. 마적으로 살아가는 것이 영원할 수는 없다는 것을, 그래서 언젠가는 반드시 새로운 삶을 시작해야 한다는 것을!

"끝났나?"

적풍이 자신 앞에 다가온 혈랑대주, 낭왕 준갈에게 물었다.

"혈랑대는 끝났고, 주군을 모실 준비도 끝났소."

주군이라지만 거칠게 살아온 준갈의 말투는 여전히 거칠었다. 물론 적풍 역시 말투 따위에 신경 쓸 사람은 아니었다.

"그럼 가지."

적풍이 짧게 말하고는 말을 몰기 시작했다.

그러자 낭왕 준갈이 뒤에 남겨진 혈랑대원들을 잠시 바라보고는 긴 한숨과 함께 적풍의 뒤를 따랐다.

"잘들 가라고! 내 언제 한번 찾아갈게!"

대발이 혈랑대원들에게 큰 소리로 외쳤다. 혈랑대원들이 그런 대발을 향해 도검을 휘두르며 환호성을 질러댔다.

초원의 이별은 그렇게 끝났다.

남겨진 자들은 적풍 일행이 시야에서 사라질 때까지 초원에서 소리를 질러대며 그들의 무운을 빌었다.

제6장
낯선 포구에서

정확히 석 달이 지났을 때 지혈문이 멸문했다.

지혈문은 혈마련을 대표하는 오대가문 중 하나로 절강 서쪽 요지 검벽에 터를 잡고 오대세가의 남궁세가와 힘을 겨룰 만큼 강력한 문파였다.

대대로 이어진 지토술로 땅을 다루는 데 능해 적을 방어하는 능력이 천하제일로 알려진 문파였다.

그런데 그 지혈문이 단 하룻밤 사이에 사라졌다.

지혈문의 멸망은 오대세가였던 항주금가의 멸문과는 또 다른 충격을 강호에 던져줬다.

그 누구도 침범할 수 없다던 지혈문의 장원, 험준하기로 이름 높은 검벽(劍壁)에 똬리를 튼 난공불락의 장원이 하루아침에 무너져 내린 것은 충격적인 일이 아닐 수 없었다.

그리고 무너져 내린 지혈문의 폐허를 밟고 서서 염화마군 철륵은 북두회를 향해 다시 한 번 경고했다.

─다시 석 달, 구십 일을 준다. 그날까지 날 찾아오라!

지혈문의 멸문 위에 보내진 이 한마디 경고의 위력은 앞서 전서를 통해 북두회에 보냈던 경고에 비할 바가 아니었다.

천하의 문파들이 몸을 떨었다. 언제 어느 때 자신들의 문파에 지왕종문의 괴고수들이 출현할지 알 수 없기 때문이었다.

더군다나 그 즈음 지왕종문의 본거지에 대한 소문이 나돌았는데 그 소문이 사람들을 더욱 불안하게 만들었다.

지왕종문은 섬서성의 대혈산이라는 곳에 그들의 터전을 마련했다고 전해졌다.

섬서와 지혈문이 있던 절강의 검벽은 수천 리 길, 그 먼 거리를 소리 없이 이동해 지혈문을 멸망시킨 지왕종문의 행보는 그들이 거리와 상관없이 천하의 어떤 문파라도 공격할 수 있다는 것을 말해주는 것이었다.

지왕종문의 충격적인 도발에 대한 반응은 즉시 일어났다. 그리고 그건 또 다른 강력한 세력의 등장으로 나타났다.

*   *   *

말은 어느새 요하 하구에 이르러 있었다.

그쯤 되자 세상 소식들이 하나둘 들려오고 있었다. 객잔에 든 후 앞으로 있을 긴 바다 여행에 필요한 물품들을 구하기 위해 나갔던 율사와 대발이 돌아와서 적풍과 낭왕 준갈에게 말했다.

"무림천하의 모든 사람이 명화산을 바라보고 있답니다."

"명화산?"

준갈이 되물었다.

"세상이 아주 발칵 뒤집어졌더라구요."

율사가 대답했다.

"지왕종문이 혈마련의 지혈문을 멸망시킨 일이야 이미 알고 있는 것 아니냐?"

"그게 아니라요, 그 때문에 무림에 유례없는 세력이 탄생했단 말입니다."

"유례없는 세력?"

"북두회 말이지요."

"북두회야 이미 수십 년 전부터 있어온 것 아니냐?"

"그자들이 변신을 했더라구요."

"변신?"

"산서 명화산이란 곳에 거대한 성을 짓고 무림의 일을 자신들이 주관하겠다고 선포를 했답니다. 지왕종문의 발호를 막겠다는 명분이라고 하는데… 흐흠, 사실 지왕종문이야 핑계 아니겠습니까? 그자들이 강호를 손에 넣으려 하는 것이겠지요."

율사가 보지 않아도 알 수 있다는 듯 말했다. 그러자 지금까지 침묵하고 있던 적풍이 말했다.

"지왕종문은 충분히 그들을 위협할 수 있다."

"예?"

율사가 적풍의 말에 무슨 말도 안 되는 소리냐는 듯 반문했다.

"그들을 이끄는 자, 염화마군이란 자는 보통 인물이 아니다."

아직 율사나 대발은 염화마군 철륵이란 존재에 대해 제대로 알고 있지 못했다.

"에이, 아무리 그래도 북두회 일곱 문파라면 견줄 문파가 있을 수 없지요."

율사가 여전히 믿지 못하겠다는 듯 고개를 저었다.

"지금이야 그렇게들 생각하겠지. 그러나… 이제 곧 알게 될 거야. 염화마군이란 자가 얼마나 무서운 자인지……."

적풍이 더 이상 말하고 싶지 않다는 듯 그 말을 끝으로 입을 닫았다. 의천노공 우서한과 적풍의 관계는 낭왕 준갈도 모르고 있었다.

그러니 우서한이 해준 말들, 염화마군 철륵에게 북두회와 함께 천하를 이분(二分)할 힘이 있는 이유를 말해줄 수는 없었다.

적풍이 입을 닫자 조금 뻘쭘해진 율사가 낭왕 준갈에게 넌지시 물었다.

"그런데 낭왕, 우린 어디로 가는 겁니까? 배까지 타고……."

그러자 낭왕 준갈이 대답했다.

"절강으로 간다."

"예? 그 먼 곳으로요?"

곁에 있던 대발이 반문했다.

"그곳에 주군의 지인이 있다는구나."

"하지만 절강이라면 지금 지혈문이 멸문해서 무척 혼란스러울 텐데……."

대발이 걱정스런 표정으로 말했다. 그러자 옆에서 율사가 대꾸했다.

"본래 혼란 속에 기회가 있는 법이야."

"망할 놈, 또 잘난 척은!"

대발이 율사를 노려보며 투덜거렸다. 그러자 율사가 대발은 상대도 하지 않고 적풍에게 물었다.

"그런데 주군, 지인이란 분은 누구십니까?"

"사부랄 수 있는 사람이지."

"사부면 사부지 사부라고 할 수 있는 사람이란 무슨 뜻입니까?"

"흑사회라고 아나?"

"흑사… 회! 유령마군 사혼!"

율사가 놀란 표정으로 적풍을 바라봤다. 분명 사혼을 알고 있는 눈치다. 그러자 적풍이 한 줄기 실소를 흘렸다.

"그 늙은이 말이 정말인 모양이군. 자신이 강호에서 제법 유명한 자라더니."

"정말 그 유령마군 사혼입니까?"

율사가 다시 물었다. 적풍이 대답 없이 고개를 끄떡였다.

"어떻게 그런 자와 인연을……?"

"단웅족에 함께 있었어. 오대세가인가 하는 자들에게 지독하게 당한 후 단웅족으로 도망 와 있었지."

"그렇군요. 그자가 거기에 있었군요. 그런데 유령마군에게 무공을 배우셨습니까?"

"조금 배웠지."

"아……!"

율사가 나직하게 탄식을 흘렸다.

"왜, 무슨 문제가 있나?"

옆에서 낭왕 준같이 물었다. 율사의 탄식이 예사롭지 않기 때문이었다. 그러자 율사가 심각하게 말했다.

"유령마군 사혼은 무공도 괴이독랄하지만 더 무서운 것은 그의 심성이지요. 강호에서 그와 같이 독한 사람은 찾아보기 힘들 겁니다. 자신의 이득을 위해서는 누구라도 이용할 수 있는 사람입니다. 그것이 비록 제자라 해도 말이지요. 그런 사람을 찾아간다는 것은……."

율사가 말리고 싶다는 듯 적풍을 바라봤다.

"걱정 마. 그 양반에 대해선 나도 잘 아니까. 삼 년을 함께 지냈어. 그 삼 년 중에 일 년은 말이야, 아주 허접한 무공을 절세무공이라고 속여서 날 가르치기도 했지."

"저런 망할 놈의 늙은이!"

대발이 자신이 당한 일처럼 화를 냈다.

"후후, 그런데 그게 아주 나쁜 것은 아니었어. 난 삼류무공으로도 고수를 상대할 수 있는 재능이 내게 있다는 것을 그때 알게 되었으니까. 그리고 그 덕에 그 늙은이에 대해 확실히 알게 됐지. 그가 어떤 사람인지 말이야. 이래도 걱정이 되나?"

적풍이 율사에게 물었다.

"주군께서 그의 성품을 이미 알고 계신 것은 다행입니다. 그러나 그렇다 해도 그는 정말 노회한 마두입니다."

"걱정 말게. 그는 절대 내게 해를 끼치지 않아. 왜인 줄 아나?"

"왜입니까?"

"나를 이용해서 하고 싶은 일이 있으니까."

"그게 뭡니까?"

율사가 걱정스런 표정으로 물었다. 그러자 적풍이 희미한 미소를 지며 모두가 깜짝 놀랄 대답을 아무렇지도 않게 했다.

"군림천하랄까……."

율사와 대발은 포구로 가는 내내 표정이 어두웠다. 낭왕 준갈을 따라 적풍을 주군으로 삼기로 했지만 설마 그의 품속에 군림천하의 야심이 있을 거라고는 전혀 생각지 못했던 것이다.

반면 낭왕 준갈은 오히려 표정이 밝았다. 처음 적풍을 만났을 때 그가 보여줬던 호기가 마냥 허황된 것은 아니라는 사실을 알았기 때문이다.

위험한 곳이고, 위험한 인물이기는 하지만 흑사회의 유령마군 사혼이라면 배신이 없을 경우 무척 든든한 배경이라고도 할 수 있었다.

적풍의 말대로 군림천하는 몰라도 적어도 한 지역의 패주로서 무림에서 살아갈 가능성은 충분했다.

"낭왕, 정말 가는 겁니까?"

슬쩍 준갈 곁으로 다가온 율사가 물었다.

"그럼?"

"아무래도 우리가 너무 위험한 양반을 주군으로 모신 것 같습니다."

"겁나냐?"

"흑사회, 유령마군 사혼… 그리고 군림천하, 이런 건 우리와는……."

"어울리지 않는다?"

"그렇습니다. 솔직히 말해 우리야 마적질이나 하던 사람들인데……."

"그럼 지금이라도 떠나거라."

"예?"

율사가 뜨악한 표정을 지었다.

"배를 타기 전에 떠나. 배가 뜨면 되돌릴 수 없을 거야."

"하면 낭왕께선?"

"난 주군과 함께 간다."

"그를 믿으십니까?"

"믿고 안 믿고의 문제가 아니다. 단지 이젠 길이 정해졌다는 거다."

"그가 정말 천하를 손에 넣을 수 있다고 생각하십니까?"

"그건 아무래도 좋다. 다만… 그와 함께라면 더 이상 도망다니거나 숨어 살지는 않을 것 같아. 난 그것이면 족하다."

"죽어도요?"

"죽음 따위… 흥!"

낭왕 준갈이 코웃음을 쳤다.

율사는 기이한 일이라고 생각했다. 본래 준갈은 무척 신중한 사람이었다. 혈랑대를 이끌면서도 완벽한 기회가 아니면 공격을 삼가는 사람이 준갈이었다.

더군다나 자신의 신분이 노출되는 것에 대해서는 병적인 거부감을 갖고 있기도 했다.

그래서 가끔 율사는 낭왕 준갈이 살아 있는 시체처럼 느껴질 때도 있었다.

그런데 그런 준갈에게서 생기가 느껴지고 있었다. 이런 준갈의 모습은 처음 보는 것이었다.

희망을 잃었던 사람에게 희망이 생긴 모습, 이 묘한 변화에 율사가 오히려 당황스러울 정도였다. 준갈은 정말 새로운 주군에게 매료된 것 같아 보였다. 율사로서는 이해할 수 없는 일이었다.

그들의 새 주군이 나이에 비해 놀라운 무공을 지니고 있고, 사람을 굴복시키는 패도의 기운을 선천적으로 가진 사람이란 것을 모르는 바는 아니었다.

그러나 그런 것으로 낭왕 준갈이 이런 맹목적인 충성을 하는 사람으로 변했다는 것은 도저히 믿어지지 않았다.

결국 결론은 하나다. 율사나 대발이 보지 못하는 뭔가를 낭왕 준갈은 보고 있다는 의미다.

그리고 그 미지의 무엇엔가에 자신들의 운명을 걸지를 결정할 시간이기도 했다. 어느새 일행은 요서를 떠나 절강까지 여행하는 커다란 상선 앞에 도착해 있었던 것이다.

"갈 거야 말 거야?"

망설이는 율사를 대발이 툭 치며 물었다.

"자넨?"

"글쎄……."

대발도 망설였다. 그러자 율사가 한참 눈살을 찌푸리다가 씹어뱉듯 말했다.

"가자. 까짓것!"

"괜찮을까?"

"마적질이나 하고 살던 놈들이 겁날 게 뭐냐?"

"하긴 그렇지?"

대발이 슬쩍 동조했다.

"그리고 말야, 솔직히 궁금하기도 해."

"뭐가?"

"저 두 사람의 끝이."

주발이 적풍과 낭왕 준갈을 바라보며 말했다.

"하긴… 특별한 종자들이기는 하지. 그런데 정말 천하를 가질 수 있을까?"

"지금 그걸 말이라고 해? 천하가 뉘 집 개 이름이냐?"

"뭐야? 안 된다는 거잖아? 그럼 뭐하러 같이 가?"

"말했잖아. 궁금하다고."

"미쳤군. 호기심에 목숨을 걸다니."

대발이 혀를 찼다.

"그래서 자넨 안 가겠단 거야?"

"아니지. 나도 가야지."

"이유는?"

"뭐… 그냥 재밌을 것 같아서."

대발이 어깨를 으쓱하고는 서둘러 상선으로 향했다.

"재미있을 것 같다고? 그게 더 미친 것 같다, 이놈아!"

율사가 대발의 뒤를 따르며 중얼거렸다.

*　　　　*　　　　*

"모두 죽었다고?"

북두회의 숨은 실력이자 의천노공 우서한의 사형인 흑야 마한이 눈썹을 꿈틀대며 되물었다.

"그렇습니다."

그에게 세 명의 제자가 있는데 그중 가장 늦게 들인 제자 구룡이 대답했다.

돌덩이 같은 눈에 호목이 인상적인 삼십 대의 사내였다.

"누가 그들을?"

"원정대의 장군 왕계의 전언에 의하면 혈랑대를 추격하다 그리되었답니다."

구룡이 대답했다.

"불가능한 일이다. 어찌 혈랑대 따위가 북산맹의 고수들을 제압할 수 있단 말인가?"

"하지만 분명한 사실이랍니다."

"끄응… 변수군!"

마한이 못마땅한 표정으로 중얼거렸다.

"그런데 어째서 그들을 원정군에 동행시키신 겁니까?"

지금까지 침묵하던 한 여인이 입을 열었다.

여인은 마한의 세 제자 중 둘째인 황옥이란 여인으로 농염함과 순수함, 차가움과 뜨거움을 동시에 지니고 있는 기이한 기운을 가진 여인이었다.

"서책 하나를 찾으려고 했지."

"서책이라니요?"

"음… 본래 연경의 원 황실에 보관 중이었는데 그자들이 장성 너머로 도주하면서 가져간 것이다."

"그게 어떤 서책입니까?"

이번에는 구룡이 물었다.

"지난날 검은 사자들의 시간에 대한 비밀의 일면을 풀 수도 있는 서책이지. 우리에겐 참 중요한 것이다."

"대체 어떤 것이기에……?"

"전마비록(戰魔秘錄)이란 것인데, 당시 검은 사자들의 무림행에 동행했던 원 황실의 비밀고수 벽안 타부가치가 남긴 서책이다. 타부가치는 그 서책을 원 황실에 전하고 전마와 함께 최후를 맞았지. 전마와 동행하며 그에게 훔쳤했던지 아니면 그자 역시 이골마족이었겠지."

"이름을 들어보니 전마의 행적을 기록한 서책인 모양이군요?"

황옥이 물었다.

"그렇다. 그는 아주 충실한 전마의 추종자였지. 검은 사자들이 원 황실과 밀접한 관계였다는 것을 알고 있지?"

"물론입니다. 원 황실의 비호가 그들이 강호를 종횡한 이유기도 하지요. 원의 비호가 없었다면……."

"아니, 그건 네가 잘못 생각하는 거다."

마한이 중간에 황옥의 말을 끊었다.

"……?"

"원 황실이 그들을 비호한 것이 아니라 그들이 원 황실을 지탱해 줬던 것이다."

"네? 그게 무슨……?"

황옥만이 아니라 구룡과 지금껏 말이 없던 대제자 돈오도 놀라 마한을 바라봤다.

"본래 원은 훨씬 일찍 멸망해야 했다. 그러나 검은 사자들이 그 숨통을 이십여 년 늘려준 거지. 당시 전마는 원을 일곱 개의 기보를 차지하는 데 이용했고, 그 대가로 원 황실의 정적들을 제거해 줬지. 그 덕에 원은 이십여 년을 더 연명한 거야. 만약 검은 사자들이 아직 활동하고 있다면 원 황실은 여전히 건재할 거다. 그들은 무림과 관의 경계 따위는 우습게 아는 자들이었으니. 주원장의 머리쯤은… 흐음…….”

마한이 말을 끝내고는 의자 깊이 몸을 묻었다. 뭔가를 곰곰이 생각하는 듯한 표정이다.

그러자 황옥이 조심스럽게 물었다.

“사부님이 그 서책에서 얻으시려는 것은 무엇인지요?”

“그가 어떻게 검은 사자들의 마음을 얻었는지 그게 궁금했다.”

뜻밖의 대답이다. 세 제자는 타부가치의 전마비록에서 전마의 무공이나 혹은 그 출생에 대한 비밀 같은 것을 얻을 수 있을 것으로 기대했었다. 그들의 기대에 비하면 마한의 대답은 맥없는 것일 정도였다.

“그야 그가 그들 모두를 압도하는 무공을 가지고 있었기 때문이 아닌지요?”

황옥이 물었다.

“간단하게 생각하면 그렇다. 그러나… 이골마족이 어디 그리 단순한 족속이더냐? 그들은 독선적이고 도도한 자들이다. 결코 누구에게도 쉽게 마음을 주지 않아. 그런데 당시 검은 사자들은 마치 그를 신처럼 따랐거든. 물론 그에 의해 검은 사자들의 무공이 일취월장한 것을 보면 그 역시 검은 사자들에게 충분한 보상을 해줬다고 할 수 있지만. 하지만 검은 사자들은 결코 이득에 따라 마음을 움직이는 자들은 아니다."

"그건 그렇지요."

대제자 무오가 그늘진 표정으로 대답했다.

"애초에 그를 따르던 자는 몇 되지 않았다. 정확히는 알 수 없으나 대략 십여 명 정도가 전부였다고 알고 있다. 그런데 그는 백여 명의 검은 사자를 만들어냈지. 자신의 분신과도 같으며 자신의 위해 언제든 목숨을 던질 수 있는 자들을… 궁금해. 그 영악한 이골마족의 마음을 어떻게 얻었을까?"

마한이 눈에 탐욕이 일렁인다.

"그 이유를 알면 그들을 설득할 수 있다고 생각하시는군요."

황옥이 마한을 보며 말했다.

"그렇다. 지금까지 그들은 어떤 회유와 협박에도 날 따르려 하지 않았다. 보통 사람이라면 생각할 수 없는 고집들이지."

"그들이 없어도 천하는 스승님이 손에 들어올 수 있습니다."

구룡이 굵은 목소리로 말했다.

"잠시는 그럴 수 있을지도 모르지. 그러나… 그렇게 얻은 천하는 또 쉽사리 내 손을 빠져나갈 것이다. 난… 사람의 마음을 믿지 않아. 내게 세력이 없으니 내가 천하의 주인이 되는 순간 강호의 명문대파들이 내게서 천하를 빼앗으려 할 거다. 그걸 지키려면… 역시 그들이 필요해. 전마의 검은 사자들 같은……"

"그들도 사람입니다."

구룡이 자신의 주장을 굽히지 않았다.

"물론 그들도 사람이다. 그러나 보통 사람과는 다르다. 이골 마족은 사실… 몸보다도 마음이 강한 자들이야. 그들은 한 번 준 마음을 배신하지 않는다. 그런 보배가 내 손에 있는데 난 그 보배를 쓰지 못하고 있어. 이 얼마나 통탄할 노릇이더냐. 그래서 전마비록이 필요했던 거다. 난… 그들을 얻는 일을 포기할 수가 없구나!"

마한이 탄식을 흘리듯 말했다.

"남해로도 사람을 보냈습니다."

돈오가 위로하듯 말했다.

"그자의 손에 전마비록이 있기를 바랄밖에……"

마한이 중얼거렸다.

"북쪽으로는 다시 사람을 보낼까요?"

돈오가 물었다.

"음… 그 역시 포기할 수 없는 일이지."

마한이 고개를 끄떡였다.

*　　　　*　　　　*

대발과 율사는 당황스럽기까지 했다. 시간이 지날수록 젊은 주군에 대한 낭왕 준갈의 충성심이 이해할 수 없을 만큼 깊어졌기 때문이었다.

낭왕 준갈은 마치 젊은 주군, 스스로 유괴라 이름을 밝힌 사람을 오랜 세월 모셔온 가신처럼 극진하게 떠받들었다.

이런 모습은 보통 사람에게조차 일어나기 어려운 일이었다. 본래 이득을 보고 주인을 선택한 자가 마음을 주기까지 아주 오랜 세월이 걸리기 때문이었다.

하물며 그는 낭왕 준갈이었다.

사막에서 가장 무서운 마적, 독한 심성과 도도한 자존심으로는 견줄 자가 없는 사람이 준갈이었다. 그런데 그 준갈이 적풍 앞에선 순한 양처럼 변했다.

그 놀라운 변화를 대발과 율사는 도저히 이해할 없었던 것이다.

"이상한 약을 먹었나?"

오늘도 적풍 옆에 붙어서 그를 지키는 호위무사처럼 행동하고 있는 준갈을 보며 대발이 중얼거렸다.

"무슨 약?"

"뭐 그런 게 있다잖아? 먹으면 하독한 자의 명을 따라야만 하는 독이라던데……"

"그건 약이 아니라 고충이라는 벌레야."

"벌레?"

"나도 듣기는 했지만 보지는 못했어. 암수의 정을 이용해 뭐 어떻게 한다던데……"

"흐흐, 하여간 정분이 문제여. 정분이……"

대발이 음흉한 웃음을 흘리며 말했다.

"그러게 말이야. 그리고 보면 낭왕이 마치 정분 난 여인네 같기도 하네."

율사가 적풍과 낭왕 준갈을 보며 말했다.

"하긴 듣고 보니 그도 그러네. 참 알 수 없는 일이야. 요지경이라니까. 시간이 지날수록 점점 더 주군에게 빠져드는 것 같으니. 대막의 제왕 낭왕이 말이야. 쯔쯔……."

대발이 혀를 찼다.

"아무튼 두고 보자고. 만약 그가 낭왕을 이용만 하려는 것이라면……."

"흐흐, 하긴 우리야 그보다는 낭왕의 사람들이니까."

대발 역시 차가워진 눈으로 적풍을 바라봤다.

그런데 정작 적풍도 조금 의아한 생각을 가지고 있었다. 비록 주군으로 섬기기로 했다고 해도 낭왕 준갈의 변화는 그조차도 예상치 못한 것이었다.

오랜 심복처럼 구는 낭왕 준갈의 행동을 처음에는 의심하기조차 했었다. 그러나 며칠이 지나고 나자 준갈에게 다른 사심이 없다는 걸 알 수 있었다.

낭왕은 진심으로 적풍을 주군으로 따르고 있었다. 같은 목표를 지닌 동료로서가 아니라 마음으로 따르는 주인을 대하는 충성심이었다.

"정오에 잠시 후 포구에 들를 거요! 하루 쉬어 가는 길이오. 배에 머물 사람은 머물고, 포구에 내려 객잔에서 잘 사람은 그렇게 하시오. 배는 내일 아침 일찍 진시(辰時)에 출발할 것이니 시간 안에 돌아오시오. 떠나는 시간은 정해져 있고 배는 사람을 기다리지 않소!"

상선을 이끄는 선장의 단호한 목소리가 들렸다.

"주군, 어찌할까요?"

준갈의 태도뿐 아니라 말투도 변했다. 사실 그게 적풍을 더 불편하게 만들고 있었다.

이 변화의 원인을 제대로 알 수 없으니 더더욱 그러했다.

"좋을 대로."

적풍이 짧게 대답했다.

그러자 준갈이 대발과 율사를 바라보며 말했다.

"저 친구들 입에 술잔이라도 넣어줘야 할 것 같습니다만."

"그럼 객잔으로 가지."

적풍이 다시 말했다.

"그러시지요. 어이, 두 사람. 포구에 들어서면 내려가서 객잔을 알아봐."

준갈의 말에 대발과 율사의 표정이 밝아졌다. 오랜 항해로 무척 지쳐 있던 것이다.

"객잔을요?"

대발이 확인하듯 되물었다.

"두 번 말해야 하나?"

"아, 아닙니다. 그렇게 하겠습니다."

대발과 율사가 서로 눈을 마주치고는 오랜만에 미소를 교환했다.

포구라지만 육지로 들어가는 것은 아니었다. 일행이 탄 상선은 황해의 해안선을 따라 남쪽으로 내려가고 있었다.

때가 유월이라 바다는 파도가 제법 거셌다. 외해(外海)의 큰 파도를 피하기 위해 배는 멀리 육지가 바라보이는 정도의 거리에서 해안선을 따라가고 있었다.

그러니 포구에 들어간다면 당연히 육지의 한 포구로 생각했던 상선의 여행객들에게 모습을 드러낸 포구는 실망스러웠다.

포구는 섬에 위치해 있었다. 선원들의 말에 의하면 섬은 비룡도라는 그럴싸한 이름을 가지고 있었다.

그러나 이름과 달리 섬의 풍광은 볼품없다 못해 삭막하기까지 했다. 숲은 거의 없고, 온통 바위로 이뤄진 섬 동쪽에 작은 포구가 존재했다.

대발의 말대로라면 해적들의 본거지로나 적당한 섬이요 포구였다. 그러나 어쨌든 그 황량한 포구에도 있을 것은 또 다 있었다.

가까운 육지에서 물건과 사람을 실어 올 수 있어서 황량한 풍광과 어울리지 않게 제법 흥청거리까지 했다.

더군다나 배가 포구에 들어가는 순간부터 들려오는 기녀들의 웃음소리가 오랜 항해로 지친 여행객들의 마음을 뒤흔들었다.

"왜 이런 곳에 포구를 만들어놓았는지 알 수 있을 것 같군."

술잔을 기울이며 율사가 말했다.

"그래? 이유가 뭔데? 난 아직도 모르겠는걸? 굳이 뭍이 아니라 섬에 포구를 만들다니……."

대발이 되물었다.

"보면 알겠지만 이 포구에 들어오는 배는 모두 긴 바다 여행을 하는 배들이야. 육지로 가는 배들은 없지. 오랜 시간 항해에 지친 여행객들에게서 금자를 뽑아내기엔 육지보다 이런 곳이 훨씬 좋지. 지분 냄새와 기녀들, 그리고 술과 음식 말고는 할 게 없는 섬이거든."

"음… 그런가?"

"풍광 좋은 곳이라면 산보를 하거나, 혹은 경치를 구경하며 피로를 풀 수도 있겠지만 여기서야 가당치도 않은 일이니……."

"흐흐흐, 가둬놓고 금자를 빼낸다?"

"그렇지."

"야, 어느 놈인지 정말 머리 잘 썼네."

대발이 탄복하듯 말했다.

"오면서 알아보니 이곳에 처음 포구를 만든 자들은 세 가문의 상가인데 그들이 포구의 주인 행세를 한다고 하더라고. 이 객잔 주인도 그중 하나라고 하고."

율사가 대답했다.

"율사 자넨 참 머리도 좋고 행동도 빨라. 언제 그런 건 알아봤어?"

"마적질로 살아온 덕이지. 새로운 곳에 가면 언제나 그곳 상황을 파악하는 게 마적질의 기본이니까."

율사가 술을 들이켜며 말했다.

적풍은 두 사람의 대화에는 관심을 기울이지 않았다. 대신 그는 객잔에 들어설 때부터 신경을 거슬리게 하는 한 무리의 사람을 살피고 있었다.

허름한 마의를 입은 중년인 다섯이 객잔 일 층에서 음식과 술을 마시고 있었다.

다른 여행객들처럼 평범해 보이는 사람들이었지만 왠지 모르게 적풍의 신경을 곤두서게 만드는 존재들이었다.

그런데 자세히 살펴보면 확실히 이상한 면이 있었다. 그들은 탁자에 올라 있는 음식에는 거의 손을 대지 않았다. 술을 마시지도 않는 것 같았다.

그러면서도 제법 큰 소리로 떠들어대며 마치 한창 주흥이 올라 있는 것처럼 보이려 했다.

'일부러 흥을 돋우는 자들이라면 확실히 의심할 만하지.'

언제나 추격하는 자들을 피해 살아온 도망자의 본능이 경계심을 북돋았다.

그런데 그건 준갈 역시 마찬가지인 모양이었다.

"이상합니다."

"그렇군."

준갈의 말에 적풍이 대답했다. 그러자 그때까지 포구와 섬의 사정에 대해 이런저런 이야기를 나누던 대발과 율사가 두 사람을 바라봤다.

"무엇이 말입니까?"

대발이 물었다.

"묘한 자들이 있다. 아무래도 객방으로 들어가는 것이 좋겠어."

준갈이 대발에게 대답을 하고는 동의를 구하는 표정으로 적풍을 바라봤다.

"그러지."

적풍이 승낙하자 준갈이 망설이지 않고 자리에서 일어났다.

갑작스런 파장에 대발이 어리둥절한 표정으로 준갈에게 다시 물었다.

"대체 무슨 일인데요?"

"그런 건 나중에 조용히 물어보는 거야!"

율사가 나직하게 핀잔을 주고는 대발의 팔을 끌었다.

"어떻게 생각하나?"

네 개의 침상이 놓여 있는 허름한 객방에 들어오자 적풍이 준갈에게 물었다.

"고수들입니다."

준갈이 대답했다.

"우릴 추격해 온 것은 아니겠지?"

"우리보다 먼저 섬에 들어와 있었으니 그건 아닐 겁니다. 그러나… 마주치면 좋을 일은 없지요. 아무리 보아도 북두회 고수들 같습니다. 그동안 쫓기며 알아낸 것에 의하면 북두회 놈들은 남들이 모르는 표식으로 자신들을 나타내고 있었습니다. 소매 바깥쪽이 아니라 안쪽에 북두칠성 문양을 해 넣는 것이 그것인데 좀 전 그자들 중 한 놈의 소매 속에서 얼핏 그 문양을 본 것 같습니다."

"그럼 확실하군. 그런데 북두회 고수들이 왜 이런 궁벽한 섬에 온 걸까?"

"이유야 모르지만 가급적 마주치지 않는 것이 좋을 듯합니다. 아시겠지만 그자들 중에는 우리 신혈족을 알아볼 수 있는 자들이 있습니다."

"저들 중에도 그런 자가 있을까?"

"그거야 모르는 일이지만 조심해서 나쁠 것은 없지요."

"그렇긴 하지. 절강에 도착할 때까지는 조용히 지내는 것이 좋겠지."

적풍이 고개를 끄떡였다.

"모두 일찍 잠자리에 들도록 하자고. 내일 아침 일찍 떠나야 하니."

준갈이 대발과 율사를 보며 말했다.

"쩝, 술이 아쉽기는 하지만 어쩔 수 없지요."

대발이 대답을 하고는 침상 하나를 차지하고 드러누웠다. 그러자 다른 사람들도 각자 침상을 찾아들었다.

그런데 일행의 바람과 달리 그들은 편히 잘 수 있는 운이 아니었다.

쾅!

요란한 소리와 함께 창이 깨졌다. 일행이 동시에 잠에서 깼다.

"어떤 육시를 할 놈이?"

창 쪽에 가장 가까이 있던 대발은 어느새 도를 들어 창문을 깨고 들어온 자를 내려치고 있었다.

쩡!

어스름한 어둠 속에서 놀라운 일이 벌어졌다. 침입자가 대발의 도를 맨손으로 막아낸 것이다.

"이건 뭐냐?"

대발이 화들짝 놀라 자신도 모르게 적풍과 낭왕이 있는 곳으로 물러났다.

"당신들과는 상관없는 일이오!"

불청객이 재빨리 소리치고는 미처 대꾸를 할 사이도 없이 문 쪽으로 달려 나갔다.

쾅!

객방의 문이 불청객에 의해 산산조각 나며 차가운 바람이 밀려들어 왔다.

그때 불청객이 들어왔던 창 쪽에서 일단의 사람이 들이닥쳤다.

적풍은 한눈에 그들이 누군지 알아챘다. 지난 저녁 객잔에 들었던 북두회의 고수들이 분명했다.

그들은 적풍 일행이 입을 열기도 전에 재빨리 방 안을 살펴보고는 바람처럼 불청객이 달아난 곳으로 사라졌다.

"이게 도대체……?"

대발이 한밤중에 당한 기괴한 일에 어안이 벙벙한지 깨진 창문과 방문을 번갈아 보며 중얼거렸다.

"신혈족일까요?"

낭왕 준갈이 적풍에게 물었다. 북두회의 고수들에게 쫓기는 자라면 신혈족일 가능성은 충분했다.

"글쎄… 모르겠군."

"기운을 느끼셨습니까?"

"아니."

"하긴 너무 짧은 시간이었지요."

준갈이 고개를 끄떡였다.

"젠장, 잠은 다 잤군."

대발이 투덜거렸다. 그러나 그의 투정에 관심이 있는 사람은 아무도 없었다.

"신혈족이라면… 구하시겠습니까?"

다시 준갈이 물었다.

"가보긴 해야 할 것 같군."

"신혈족일 수도 있다고 생각하시는군요."

"그래서는 아니고."

"하면……?"

"한밤중에 남의 방에 들어와 이 난리를 치고 사과도 없이 가는 놈들을 그냥 두고 볼 수는 없는 일이니까."

적풍이 무심하게 말하고는 검을 들고 객방을 나섰다. 그 모습을 보고 있던 율사가 고개를 저으며 말했다.

"그렇다고 그자들을 쫓아가는 것도 정상은 아닌데……."

"그런들 어쩌겠느냐. 주군이 움직였으니 우리도 움직인다. 잠자기도 이미 글렀고!"

준갈이 뒤처질세라 적풍을 따라가며 중얼거렸다.

'놀라운 자군!'

적풍이 내심 감탄했다. 도망자와 추격자들은 단숨에 섬의 동쪽 절벽에 이르러 있었다.

절벽 아래로는 거친 파도와 불쑥불쑥 머리를 내밀고 있는 암초들이 가득해 떨어진다면 무림고수라도 죽을 수밖에는 지형이었다.

그 위태로운 절벽 위에서 도망자가 북두회의 추격자들을 상대로 놀라운 무위를 선보이고 있었다.

적풍은 그들과 이십여 장 거리를 두고 걸음을 멈췄다. 그러고는 바위 위에 올라서서 팔짱을 낀 채 달빛 아래서 펼쳐지는 싸움을 지켜봤다.

"대단하군요."

뒤늦게 도착한 준갈도 도망자의 무공에 놀라는 눈치다.

"어쩌면 도와줄 필요가 없을지도 모르겠어."

"그러게 말입니다."

준갈이 고개를 끄떡였다. 그만큼 도망자의 무공이 대단했던 것이다.

"저런 무공을 가지고 왜 도망을 쳤을까요?"

"싸우기 싫었든지 아니면 마음껏 싸울 장소가 필요했겠지."

"그렇군요."

준갈이 대답을 하는 사이 대발과 율사도 장내에 도착했다.

그런데 그때 문득 싸움에 큰 변화가 일어났다.

홀로 북두회의 다섯 고수를 상대하고도 패색을 드러내지 않던 도망자가 갑자기 위기에 몰리기 시작한 것이다.

"저건… 진법이군요!"

율사가 놀란 목소리로 말했다.

도망자를 휘어 감는 뿌연 연무들, 그 연무들이 어느새 한 마리 신룡의 모습을 갖추고 있었다.

그리고 그 연무의 진은 적풍이 또렷하게 기억하고 있는 진이었다.

"오행금룡마진이라고 했던가?"

적풍이 중얼거렸다.

과거 단웅족의 터전까지 자신을 추격해 왔던 북두회 호천대의 고수들이 유령마군 사혼을 상대로 펼쳤던 바로 그 신비의 진법을 오늘 이 낯선 섬에서 다시 보게 된 적풍이었다.

제7장
전마비록

흰색 용이 꿈틀거리며 사내를 휘감았다. 사내는 그 즉시 위기에 처했다. 시야가 막히고 손발이 어지러워졌다.

더군다나 그를 휘감은 연무를 뚫고 고수들의 도검이 파고들었다.

팟!

용의 형상을 한 연무 사이로 검은 피가 솟구쳤다. 아마 낮이었다면 선명한 붉은빛이었을 것이다. 그나마 흐릿한 달빛이 사내가 당면한 처절한 상황을 가려주고 있었다.

"저래서는 오래가지 못하겠군요."

준갈이 뭔가 조급한 표정으로 말했다.

"신혈족의 특징은 보이지 않는군."

"그렇지요?"

준갈이 아쉬운 듯 대답했다.

"그래도 도와주고 싶은 건가?"

"그렇습니다."

준갈은 마음을 숨기는 자가 아니다.

"신혈족도 아니고 상대는 북두회의 고수들, 그를 구하는 것은 득보다 실이 많을 것 같은데. 쓸모 있는 자인지도 모르겠고……."

적풍의 말에 준갈이 잠시 침묵을 지키다가 대답했다.

"그래도… 주군의 잠을 방해하지 않았습니까?"

웃음이 날 이유다. 잠을 깨웠다고 북두회의 고수들을 상대하라니. 그러나 적풍은 그 이유에 반박할 수 없었다. 애초에 자신이 내뱉은 말이 아니던가.

"그러게 말이야. 아주 큰 이유가 있었군."

적풍이 훌쩍 몸을 날렸다. 그러자 준갈이 바람처럼 그의 곁으로 따라붙는다.

"지금 저 양반들이 무슨 소릴 하는 거냐?"

대발이 정말 잠을 깨웠다고 북두회의 고수들을 상대하러 가는 적풍과 준갈을 보며 어이없는 표정으로 물었다.

"그냥 싸우고 싶다는 거야."

"북두회 고수들이랑?"

"상대가 강하면 강할수록 흥미를 느끼는 사람들이잖아. 더군다나… 북두회라면 외려 그냥 지나칠 수 없는 일인지도……."

"우린 어쩌지?"

"지켜보자고."

"돕지 않고?"

"도움이 필요한 사람들이면 내 주인이 될 수 없어."

"아이고, 이 매정한 사람 같으니라고."

대발이 혀를 찼다.

그러자 율사가 정색을 하며 대답했다.

"저들을 따르기로 한 것이 쉬운 결정은 아니었어. 둘 모두 아주 위험한 사람들이지. 그들 자신만이 아니라 그들 곁에 있는 사람들도 위험하게 될 거야. 목숨을 걸어야 하는 일이란 거지. 그렇다면 두 사람도 우리에게 자신을 증명할 필요가 있어. 마적질 같은 것으로 말고 말이야."

"그야 북산맹의 고수들을 상대하며 증명했잖아?"

"아니지. 낭왕은 몰라도 젊은 주군이 북산맹의 고수들을 베는 것을 내 눈으로 보지 못했으니까."

율사의 말에 대발이 고개를 끄떡였다.

"그러고 보니 정말 궁금하군. 듣기는 했지만 어떤 무공을 가지고 있는지 궁금하긴 했어."

대발의 시선이 자연스레 적풍에게로 향했다.

적풍은 서슴없이 싸움에 뛰어들었다. 그가 망설이지 않고 검을 들어 올렸다.

그런데 이상한 점이 있었다. 들어 올린 검이 여전히 검집에 꽂혀 있었던 것이다.

그리고 언제 저 검이 검집에서 빠질까 하고 그의 손을 주시하고 있던 준갈은 적풍이 검을 검집째 휘두르는 것을 봐야 했다.

쒀릉!

적풍의 검이 강렬한 파공음을 만들어냈다. 그러자 마치 검은 벼락이 떨어지는 것 같은 환상이 만들어졌다.

그 검은 벼락들이 공기를 찢으며 북두회의 고수들이 만든 흰색 환영의 용을 뚫고 들어갔다.

파직!

흐물거리던 연무가 얼음장처럼 깨져 나갔다. 연이어 단번에 용의 형상이 허물어졌다.

퍽!

뒤이어 적풍의 검이 검집째 북두회의 고수 중 한 명의 어깨에 떨어졌다.

"악!"

북두회의 고수가 참을 수 없는지 비명을 터뜨렸다. 어깨뼈가 바스러졌는지 그가 비틀거리며 진을 이탈했다.

한순간에 오행금룡마진이 허물어졌다. 연무는 사라지고 그 안에 갇혀 있던 자의 처참한 몰골이 드러났다.

온몸은 피로 물들어 있었고, 등과 허벅지에는 길게 자상이 나 있었다.

그러나 그의 눈빛만은 달랐다. 몸에 입은 부상으로 보자면 곧 쓰러져도 이상할 것이 없는 상태였지만 그의 눈에는 생기와 투기가 넘실거렸다.

"좋아. 이제 제대로 싸워주지!"

누가 왜 자신을 도와줬는지는 상관없는 듯했다.

오행금룡마진에 갇혀 있던 중년의 사내가 북두회의 고수들을 둘러보며 싸늘한 살기를 흘렸다.

그리고 그중 한 명을 향해 달려들었다.

차차창!

장내가 다시 도검의 충돌음으로 가득 찼다. 진을 벗어난 자의 무공은 대단해서 공격받은 북두회 고수가 금세 위기에 처했다.

그러자 다른 북두회의 고수가 급히 동료를 돕기 위해 나섰다.

그 와중에 앞서 적풍의 검에 어깨가 부서진 자가 고통을 참으며 적풍에게 물었다.

"웬 놈들이냐? 감히 북두회의 행사를 방해하다니!"

"북두회라 방해한 거야."

적풍이 대답했다.

그러자 상대의 눈이 가늘어졌다. 당금 무림에 북두회를 골라 대적할 자들이 누군가 생각하는 듯했다.

"지왕종… 문?"

오직 그들뿐이다.

어둠에 몸을 가린 채 천하를 위협하는 세력, 지왕종문만이 북두회 고수를 공격할 수 있다고 생각한 사내가 다시 물었다.

"그들에게 관심은 있지."

적풍이 대답했다.

"아니란 말이냐?"

"지왕종문과는 관계없다."

"하면 왜……?"

"그걸 지금 몰라서 묻는 거냐?"

적풍이 지루한 듯 되물었다.

"……?"

"잠을 깨웠잖아! 사과 한마디 없이!"

적풍의 호통에 북두회의 고수가 잠시 당황한 표정을 짓다가 노성을 터뜨렸다.

"이놈! 지금 날 희롱하는 것이냐?"

"절대 당신을 놀리는 게 아냐. 당장 당신들은 지금 무척 위험한 상태이잖나? 낭왕!"

"예, 주군!"

준갈이 대답했다.

"하나는 맡을 수 있겠지?"

"여부가 있습니까?"

준갈이 눈썹처럼 휜 월아도를 들며 대답했다.

"알겠지만… 전부여야 해. 하나라도 놓치면 안 돼!"

"물론입니다."

"그럼 정리하자고!"

말이 끝나는 순간 적풍의 발이 움직였다. 한 발자국만 움직였을 뿐인데 그의 몸이 어느새 북두회의 고수 중 한 명 앞에 다가서 있었다.

"놈!"

공격당한 북두회의 고수가 급하게 적풍을 검으로 내찔렀다. 그러자 적풍이 검을 들어 가슴을 찔러오는 상대의 검을 비껴냈다.

차앙!

날카로운 마찰음과 함께 두 사람의 거리가 팔 하나 사이로 가까워졌다. 순간 적풍이 손에 살짝 힘을 줬다. 그러자 지금껏 검집에 갇혀 있던 사자검이 살짝 모습을 드러냈다.

공력이 주입되었을 때만 드러나는 그 형형한 검신, 요기롭기까지 한 사자검의 검신이 아주 잠깐 드러났다 싶은 순간 미세한 파열음이 일어났다.

삭!

날카롭지만 그리 크지 않은 파열음을 남기고 사자검이 다시 검집 안으로 사라졌다.

"헛!"

북두회 고수의 입에서 헛바람이 흘러나왔다. 사자검과 스치듯 마주쳤던 그의 검이 어느새 반 토막이 나 있었던 것이다.

적풍이 당황하는 적을 향해 다시금 검집째 검을 휘둘렀다.

쾅!

적풍의 검집이 반 토막 난 상대의 검을 때렸다.

"욱!"

검신이 잘려 당황해 있던 북두회의 고수가 다급히 검을 들어 올려 적풍의 공격을 막았지만 적풍의 강력한 힘에 밀려 자신도 모르게 손에서 검을 놓쳤다.

"너… 넌?"

북두회의 고수가 혼이 빠진 얼굴로 적풍을 보며 입을 열었지만 미처 말을 다 잇지는 못했다.

적풍의 눈에 검은 기운이 감돌았다 싶은 순간, 검을 들지 않은 그의 왼손이 상대의 멱살을 잡아챘다.

깊고 투명하면서 적막과 같이 검은 적풍의 눈을 마주한 순간 북두회의 고수가 질린 듯한 표정으로 헛소리처럼 중얼거렸다.

"이… 골마, 악!"

미처 끝내지 못한 말을 삼키며 북두회 고수의 입에서 비명이 터져 나왔다. 어느새 적풍의 검집이 그의 심장을 때렸던 것이다.

"누구에게 죽었는지는 알고 가겠지?"

적풍이 자신의 검집에 맞아 수 장 밖으로 날아가는 북두회 고수를 보며 중얼거렸다.

쿵!

북두회 고수가 절벽 바로 앞에 떨어졌다. 그의 몸이 아슬아슬하게 절벽 끝에 걸렸다. 그렇다고 운이 좋은 것은 아니었다.

이미 숨이 끊겼기 때문이었다.

"장 형!"

적풍에게 공격당해 어깨가 부서졌던 자가 재빨리 달려가 동료의 상태를 살폈다. 그러나 그의 동료는 이미 절명한 상태. 사내의 눈이 노기로 물들었다.

"이… 악독한 놈!"

사내가 적풍을 돌아보며 소리쳤다.

"어린애 같은 소릴 하는군."

적풍이 차갑게 말했다.

적풍의 말에 사내의 얼굴이 붉어졌다. 적풍의 말이 틀리지 않다는 걸 그도 알기 때문이었다.

강호의 생사결에서 독하지 않은 자가 누가 있단 말인가?

그들 자신도 지금까지 강호를 종횡하며 이보다 더한 독수를 써온 사람들이었다.

"도대체 네놈들은 누구냐?"

"적지 않은 인연이 있지만 죽을 때나 말해줄 수 있지. 듣겠나?"

적풍이 물었다.

비정한 질문이다. 누군지 알고 싶으면 죽으라는 소리였다.

"반드시 네놈의 입을 열겠다!"

사내가 성한 팔로 검을 들며 말했다.

"역시 북두회의 고수들은 다르군. 강단이 있어. 죽음으로 대답을 듣겠다니."

적풍이 이죽거리며 상대를 향해 다가갔다.

막상 적풍이 다가오자 북두회 고수가 두려움으로 주춤거렸다. 그러나 적풍의 손속에는 사정이 없었다.

적풍의 검이 다시 움직였다.

웅!

묵직한 파공음이 일어나며 그의 검이 크게 원을 그렸다. 검의 움직임에 따라 흑빛 검영이 길게 그려졌다.

북두회 고수가 이를 악물며 검을 들어 적풍의 검을 막았다. 그러나 그의 대응은 안타까울 정도로 연약했다.

퍽!

적풍의 검이 그대로 적의 검을 밀고 들어가 사내의 목과 어깨 사이를 쳤다.

"컥!"

북두회의 고수가 충격을 이기지 못하고 그대로 앞으로 고꾸라졌다. 심각한 부상을 당한 몸으로, 그것도 평소 사용하지 않던 팔로는 적풍의 신력을 감당할 수 없었다.

"끄으으!"

북두회의 고수가 신음성을 흘렸다. 검집으로 맞았지만 사혈을 맞아 숨이 끊기기 일보 직전이었다.

그런 사내 앞에 적풍이 허리를 굽혀 그와 시선을 맞췄다.

"약속이니까 말해주지. 하지만 실망할 거야. 사실 별거 아니거든. 난 너희가 사냥하는 이골마족이야. 그러니 이 싸움은 아주 정당한 거지. 안 그래?"

적풍이 물었다. 그러나 북두회의 고수는 대답을 할 수 없었다. 이미 그의 몸이 주인의 말을 듣지 않았다.

"잘 가라고!"

적풍이 발을 들어 북두회 고수를 밀었다. 그러자 사내의 몸이 그대로 절벽 아래로 떨어졌다.

적풍이 절벽에 걸려 있던 또 다른 북두회 고수의 시신 역시 절벽 아래로 밀어버렸다.

"제길, 생각보다 더 무서운 사람이었어."

대발이 질린 표정으로 말했다.

"그러게. 이거 주인을 제대로 찾은 건지 아니면……."

"아니면 뭐?"

"천살의 기운을 지닌 자를 따르게 된 건 아닌지 모르겠어."

"천살의 기운?"

"시체를 저렇게 다루는 건 아무래도……."

"살인을 즐긴다?"

"아니길 바라야지."

말을 그렇게 하면서도 율사의 표정이 밝지 않았다.

"그렇다면 난 떠날래. 난 패웅은 따를 수 있어도 살인마를 따를 수는 없어."

대발이 단호하게 말했다.

"음… 물어보자."

"직접?"

대발이 놀란 표정으로 되물었다.

"그게 가장 확실하지."

"위험하지 않을까? 봤잖나, 그의 잔혹한 손속을……."

"그래도 묻지 않을 수 없지. 싸움도 거의 끝나가는데……."

율사가 훌쩍 신형을 날렸다. 그가 향한 곳은 적풍이 서 있는 절벽 위였다.

"샌님 같은 사람이 이런 때 보면 강단 있다니까."

대발이 율사를 보며 중얼거리고는 주저하는 걸음으로 그의 뒤를 따랐다.

"주군!"

율사가 조심스레 다가서며 적풍을 불렀다. 적풍이 시선을 돌려 율사를 바라봤다.

"시신의 처리는 저희에게 맡겨도 되는 일인데……."

"앞으로는 그렇게 하지. 저들의 싸움이 끝나면 흔적을 남기지 마."

적풍이 무심하게 대답했다.

"어째서입니까? 묻어주지는 못해도 굳이 시신을 바다에 버릴 필요야……."

"뒤를 따르는 자들이 있을 거야."

"예?"

"이곳에 온 자들에게서 소식이 없으면 반드시 다른 자들을 보내겠지. 그들에게 우리의 흔적이 남아서는 곤란해. 생각 같아선 이 포구에 있는 자들을 모두 죽이고 싶지만 그럴 수는 없는 일이고… 이들의 시신이라도 흔적 없이 처리해야지. 이곳에서 이들이 죽었다는 사실을 알 수 없게."

적풍의 말에 율사가 뭔가 깨달은 표정으로 대답했다.

"지당하신 말씀입니다. 이들의 시신이 발견되면 오늘 이곳에 머물렀던 모든 사람이 북두회의 의심을 받을 테니까요."

적풍의 잔인함에 대한 걱정은 어느새 사라져 버렸다. 타당한 이유만 있다면 이보다 더 잔혹한 일도 해낼 수 있는 율사다.

"뭐… 언젠가는 싸워야 할 상대지만 지금은 아니지."

"당연한 말씀이십니다. 북두회는 북두회지요."

율사가 얼른 대답했다.

그때 한마디 비명이 흘러나왔다.

"큭!"

낭왕 준갈이 그가 상대하던 북두회 고수의 심장에 도를 찔러 넣고 있었다.

"실력이 늘었군."

적풍이 중얼거렸다.

"그러게 말입니다. 지난번 북산맹의 고수들을 상대할 때보다 더 수월하게 적을 베신 것 같습니다."

율사가 의아한 표정으로 대답했다. 그가 보기에도 낭왕 준갈의 무공은 여행을 하는 동안 몰라보게 진보한 듯 보였다.

본래 무림인의 무공이 이렇게 아무 이유 없이 단시간에 진보하는 경우는 흔치 않다. 어떤 깨달음을 얻어 무리에 크게 눈을 뜨는 경우를 제외하고는…….

"주군, 늦었습니다."

낭왕 준갈이 쓰러진 자를 그대로 두고 적풍에게 다가서며 말했다.

"처리해."

적풍이 율사에게 명을 내렸다.

"예. 주군."

율사가 대답을 하고는 낭왕 준갈이 벤 북두회 무사의 시신을 절벽 아래 바다로 던졌다.

"흔적을 지우시는군요."

준갈은 금세 적풍의 속내를 알아챘다.

"아직은 그들의 주목을 받을 때가 아니지."

"그렇지요. 그나저나 저 사람도 참 대단하군요. 저 몸으로……."

준갈이 온몸에 피칠을 한 상태로 북두회 고수 둘을 상대하고 있는 중년 사내를 보며 감탄했다.

"독한 자야. 보아하니 공력은 이미 바닥난 것 같은데……."

"도울까요?"

"그게 좋겠군. 그대로 두면 너무 오래 걸릴 것 같아."

"알겠습니다."

준갈이 대답을 하고는 북두회의 두 고수와 도망자 사내가 싸우고 있는 곳으로 천천히 다가갔다. 그러다가 그들과의 거리가 오 장 안쪽으로 들어섰을 때 준갈의 신형이 쭉 늘어났다.

모르는 사람이 보면 괴물처럼 느꼈을 움직임. 그리고 다음

순간 그는 이미 한 명의 북두회 고수 허리 아래를 지나가면서 월아도를 휘두르고 있었다.

팟!

전광석화 같은 기습에 북두회의 고수가 미처 대응을 하지 못하고 허벅지를 베였다.

"이놈!"

북두회의 고수가 상대하던 적을 놓아두고 자신을 베고 지나가는 준갈을 향해 검을 내려쳤다.

순간 준갈의 몸이 기이하게 꺾였다.

분명 상체는 북두회 고수 앞에 있는데 그의 다리는 좌측으로 한참이나 벗어나 있었다.

쐐액!

준갈의 머리를 향해 북두회 고수의 검이 떨어졌다. 그러자 준갈의 상체가 찰나의 순간 멀어진 하체를 쫓아가며 흐릿하게 사라졌다.

그리고 그 와중에 준갈의 월아도가 다시 한 번 춤을 췄다.

서걱!

준갈의 도가 북두회 고수의 옆구리를 길게 벴다.

"큭!"

북두회 고수가 중심을 잃고 팽이 돌듯 회전하며 땅에 나뒹굴었다. 그러자 준갈이 재빨리 허공으로 떠올라 몸을 비틀며 북두회 고수의 숨통을 끊었다.

비명도 없이 그렇게 북두회 고수가 허무한 종말을 맞았다.

적을 제압한 준갈이 도신에 묻은 피를 상대의 옷자락에 닦을 때 옆쪽에서 이리처럼 살기 가득한 목소리가 들려왔다.

"왜 날 죽이려고 한 거냐?"

준갈에게 한 말은 아니었다.

어느새 도망자의 신세에서 벗어난 중년 사내가 마지막 남은 북두회 고수 목에 검을 들이대고 묻고 있었다.

눈에 가득한 살기, 부들거리며 손까지 떨 정도의 분노를 참아내며 사내가 자신을 쫓는 이유를 알고 싶어 했다.

"네가… 타부가치의 제자니까."

"사부가 북두회에 무슨 잘못을 했지?"

"그는… 검은 사자들을 추종했다."

"그 일은 이미 묻어두기로 한 것 아니었나? 전마가 그의 호수에 잠든 이후 원 황실과 북두회 간의 합의가 있었지 않느냐?"

사내의 추궁에 북두회의 고수가 묵묵부답 말을 하지 못했다.

"원이 무너졌으니 합의도 깨졌다는 거군."

사내의 눈가에 다시 살기가 돈다. 그러면서도 여전히 의문이 가시지 않은 표정이다.

"아니아니, 그렇다 해도 이렇게 북두회 호천대 고수들이 이 섬까지 날 따라온 것은 이해가 되지 않아. 달리 원하는 바가 있지 않다면 말이야."

팟!

그 말을 하며 사내가 손을 벼락처럼 움직여 북두회 고수의 혈도를 제압했다. 아마도 자결을 방지하기 위함인 듯싶었다.

"북두회의 종자들을 믿을 수는 없지만 다시 거래를 제안하지. 왜 날 쫓았는지 말한다면 널… 살려줄 수도 있다. 이 거래에 응하겠느냐?"

사내의 말에 북두회 고수가 잠시 망설이다 고개를 끄떡였다. 그러자 사내가 북두회 고수의 아혈을 풀었다.

"말하라. 패망한 왕조의 궁실무사를 왜 쫓는 거냐?"

"우린… 당신에게서 전마비록을 회수하라는 명을 받았다."

"전마비록?"

"그렇다."

"누가 그런 명을 내렸지?"

"대주께서 반드시 전마비록을 회수하라는 명을 호천대 전체에 내리셨다."

"대주라면 묵안노?"

"그렇다."

"이상한 일이군. 이것이 뭐라고 호천대 전체를 움직인단 말인가?"

사내가 품속에서 얇은 서책 하나를 꺼냈다. 서책임에도 마치 녹슨 것 같은 붉은 기운이 돌았다. 아마도 책이 상하는 것을 방비하기 위해 특수한 처리를 한 것이 분명했다.

"이유는 나도 모른다."

북두회의 고수가 대답했다. 거짓은 없어 보였다.

"이 서책은 사부께서 당신이 매료되셨던 전마의 행적을 매일 매일 간단하게 기록한 것일 뿐이다. 전마의 행장록 같은 것이지. 그런데 왜 이 서책에 욕심내는 건가. 그의 행장이라면 흑야마한 역시 누구보다 잘 알고 있을 터인데……."

"말했지만 그 이유는 나도 모른다."

북두회 사내가 고개를 저었다.

"좋아. 이유를 알았으니 되었다. 전마비록에 나도 모르는 비밀이 있나 본데 그건 이제부터 알아보면 되니까."

"정말 날 살려줄 것이냐?"

북두회의 고수가 물었다.

"나 쿠샨이 어떤 사람인지 모르느냐?"

"내가 살아 가면 난 반드시 다시 널 쫓을 것이다."

"후후, 상관없어. 모를 때야 당했지만 알고 난 이후에야 너희의 추격 따위 그리 두려울 것도 없으니까. 가라!"

자신의 이름을 쿠샨이라 밝힌 사내가 북두회 고수 앞에서 검을 거둬들였다.

그러자 북두회 고수가 큰 숨을 한 번 쉬고는 장내를 벗어나려다가 문득 적풍 일행을 보며 물었다.

"이들은 대체 누군가? 그댈 추격하면서 이자들의 존재는 눈치채지 못했는데?"

"글쎄 나도 그게 궁금하군."

중년 사내 쿠샨이 적풍을 보며 대답했다.

"너희는 누구냐? 누구기에 감히 북두회의 일을 방해한 것이냐?"

북두회의 고수가 차가운 목소리로 물었다.

그러자 준갈이 적풍을 바라봤다. 뭔가 허락을 구하는 눈치다. 적풍이 고개를 끄떡여 대답을 대신했다. 직후 준갈의 도가 섬광을 일으켰다.

"큭!"

북두회의 고수가 가슴을 부여잡고 쓰러졌다.

준갈의 공격은 북두회 고수도, 그를 놓아준 원 황실 고수 쿠샨도 예상치 못했던 갑작스런 것이었다. 공력이 바닥나고 더 이상 공격이 없을 거라 방심하고 있던 북두회 고수로서는 도저히 피할 수 없는 공격이었다.

"무슨 짓이오?"

쓰러지는 북두회 고수 대신 중년 사내 쿠샨이 노한 듯 소리쳤다. 당장 검을 들고 달려들 것 같은 기세다.

"약속을 한 건 우리가 아니오."

적풍이 대답했다.

"하지만!"

쿠샨이 다시 따지려는데 적풍이 손을 들어 그의 말을 막았다.

"당신은 모르겠지만 우린 북두회에 우리의 행적이 알려지는 것을 원치 않소. 당신을 돕기는 했지만 사실 우리도 이자들을 벨 나름의 이유가 있었던 것이지. 그리고 당신의 약속을 깨게 된 것은 당신 목숨을 구해준 값으로 치시오. 정리하지."

적풍이 더 이상 쿠샨과 할 말이 없다는 듯 준갈을 보며 말했다. 그러자 준갈 대신 율사와 대발이 나서서 북두회 고수의 시신을 절벽 아래로 던져 버렸다.

"도대체 당신들은 누구요?"

냉정하게 시신을 처리하는 적풍 일행을 보며 쿠샨이 물었다.

"우리 정체를 알면 당신도 위험해질 텐데?"

"난 이미 위험한 상황이오."

"아니, 당신을 쫓는 북두회 때문이 아니라 우리 때문에 말이오."

"날 죽이기라도 하겠단 말 같구려."

"필요하다면……."

"후… 그럼 서로 갈 길 가도록 합시다. 구해준 것은 다시 한번 감사드리오."

쿠샨이 적풍에게 가볍게 포권을 해 보였다.

"그런데… 전마는 어찌 아시오?"

이번에는 적풍이 떠나려는 쿠샨에게 말을 건넸다. 그러자 쿠샨이 잠시 망설이다 입을 열었다.

"내 사부께서 전마를 따랐었소."

"몽골 황실의 고수라면서 어째서……?"

"당시 전마와 몽골 황실은 모종의 거래를 했었소. 그 이유로 황실의 무사였던 사부께서 그와 동행하게 된 것이오. 물론 나중에는 그에게 매료되어 그의 행적을 서책으로 남기고 운명을 같이할 정도가 되었지만 말이오."

"당신도 전마를 보았소?"

적풍이 물었다.

"먼발치에서 몇 번… 그런데 그건 왜 묻소?"

당연히 이상하게 느낄 일이었다.

"그에 대해 궁금한 것이 많아서 말이오."

적풍의 대답에 쿠샨이 의아한 표정으로 적풍을 바라봤다. 그러다가 갑자기 그의 눈빛이 서서히 변하기 시작했다. 그러고는 마침내 경악스런 빛이 그의 눈에 떠올랐다.

쿠샨이 적풍을 향해 서너 걸음 다가섰다. 그러고는 다시 적풍을 뚫어져라 바라봤다. 마치 생사대적을 눈앞에 둔 것 같았다.

쿠샨의 시선이 얼마나 강렬했는지 준갈 등이 도검을 빼 들 기세를 보이기까지 했다.

"당신은… 신혈족이오?"

쿠샨이 떨리는 목소리로 물었다.

"그렇소."

적풍이 망설이지 않고 대답했다. 사실은 그가 자신의 정체를 알아보기를 바랐던 마음도 있었다. 그 이유는 그의 손에 들려 있는 전마비록 때문이었다.

아버지 전마 적황의 행적을 기록한 전마비록을 손에 넣는다면 그가 한 번도 본 적이 없는 아버지에 대해 좀 더 가깝게 다가갈 수 있을 듯싶었다.

그래서 적풍은 전마비록에 욕심이 났다. 그러니 자신의 정체가 알려지는 것은 불가피한 일이라고 생각하는 적풍이었다.

"주군… 말씀을 조심하시는 것이……."

옆에서 율사가 재빨리 말했다.

그로서는 적풍과 준갈의 정체가 낯선 쿠샨에게 드러나는 것이 무척 위험해 보였다. 두 사람의 정체를 숨기기 위해 북두회 고수들의 시신들까지 바다로 던져 버린 것 아닌가.

그러나 적풍은 율사의 조언을 듣지 않았다. 그리고 자신의 성품대로 일을 직설적으로 풀어갔다.

"그 서책에 전마의 행적이 기록되어 있다고 했소?"

적풍 일행이 신혈족이란 말에 충격을 받은 모습이던 쿠샨이 적풍의 질문에 흠칫 놀라며 고개를 끄떡였다.

"그렇소."

쿠샨이 대답했다.

"그 물건을 내게 줄 수 없소? 들고 있어봐야 북두회의 표적만 될 것 같은데……."

"왜 이 물건에 욕심을 내는 거요?"

"그야 당연히 그 물건이 전마의 행적을 기록한 것이니까. 우리 신혈족에게 전마는… 아주 특별한 사람이오. 그럼에도 그의 행적을 전해줄 사람은 남아 있지 않소. 검은 사자들은 모두 호수에 수장되었으니 말이오."

누가 들어도 타당한 이유다. 그러나 쿠샨에게는 만족스런 대답이 아닌 모양이었다.

쿠샨이 뭔가를 말할 듯 말 듯한 표정을 지으며 망설였다.

"주기 싫으면 말지 뭘 망설이시오? 사내답지 못하게!"

뒤쪽에서 대발이 투덜댔다.

그러나 쿠샨은 대발의 말 따위는 신경도 쓰지 않았다. 대신 그가 망설임 끝에 적풍을 보며 어렵게 물었다.

"이유가 단지 당신이 신혈족이기 때문이오? 아니면……."

"아니면?"

"전마와 특별한 인연이 있기 때문이오?"

순간 적풍은 이자가 당황했던 이유가 자신들이 신혈족이기 때문만은 아니라는 것을 깨달았다.

'날 알아보는 자라는 건가?'

적풍이 전마 적풍의 핏줄이라는 것을 아는 사람은 세상에 오직 셋뿐이다.

의천노공 우서한, 그의 제자 허소월, 그리고… 설루였다.

준갈이나 흑사회주 유령마군 사혼도 적풍이 전마 적황의 아들이라는 것은 모르고 있었다. 그런데 웬일인지 이자가 자신의 혈통을 의심하고 있는 것 같은 생각이 들었다.

경계심이 일었다. 그러자 살의가 따라왔다. 신혈족임을 아는 것과 전마 적황의 핏줄이라는 것을 아는 것은 전혀 다른 문제다. 그런데 그 살의를 사내가 한순간에 흩어버렸다.

"비록을 주겠소. 대신 조건이 있소."

사내 쿠샨은 더 이상 적풍의 정체에 대해선 묻지 않았다. 적풍의 살기를 느꼈기 때문인지도 몰랐다.

"말해보시오."

"당신과 동행하고 싶소."

"동행?"

"그렇소."

"이유는?"

"호기심 때문이라고 해둡시다."

"호기심이라… 가끔 그 호기심 때문에 목숨을 잃는 사람이 있소."

"내 한 목숨 스스로 지킬 능력은 있소."

"우리가 신혈족임을 알고도 동행하겠다는 거요?"

"내 스승은 전마를 추종한 사람이었소. 그 최후까지 함께할 정도로 말이오."

쿠샨의 말에 적풍이 율사를 바라봤다. 이런 경우는 그래도 노련한 율사의 의견이 필요했다.

"죽이지 않을 바에야 동행하는 것이 낫겠지요."

율사의 판단은 냉철했다. 바꿔 말하면 쿠샨을 죽이자는 말일 수도 있었다. 북두회 고수들을 바다에 던져 버린 것을 생각하면 당연한 결론이었다.

"같이 갑시다."

결정은 빨랐다. 망설일 이유가 없었다.

"고맙소."

쿠샨이 가볍게 고개를 숙여 보였다. 그러고는 서슴없이 전마 비록을 적풍에게 건넸다.

"이렇게 쉽게 포기해도 되는 물건이었소?"

"사실 난 왜 북두회가 이 물건을 욕심내는지 알 수가 없소."

쿠샨이 대답했다.

"무슨 대단한 비밀이라도 들어 있는 것 아니오?"

곁에서 대발이 참견을 한다.

"나도 여러 번 읽어본 서책이요. 비밀이랄 것도 없이 그저 스승께서 전마의 행적과 그에 대한 몇 가지 감상을 곁들이신 건데… 아마 북두회에서는 이 비록에 뭔가 대단한 것이 있을 거라 오해를 하는 모양이오."

"참 나, 그럼 그놈들은 완전히 개죽음을 당한 거네."

대발이 허를 찼다.

"그만 가지."

적풍이 쿠샨에게서 전마비록을 넘겨받고는 섬 동쪽을 향해 걷기 시작했다.

일행이 객잔에 도착했을 때는 새벽의 기운이 느껴질 시간이었다. 일행은 박살 난 객잔으로 들어가는 대신 상선으로 향했다.

상선은 이미 떠날 준비로 분주했다. 손님들이야 해가 뜨면 오겠지만 선원들은 아침잠을 줄여가며 다시 바다로 나갈 준비를 하고 있었다.

"아이구, 이거 일찍도 오셨습니다?"

선원 중 중간 우두머리급인 육살이 일행을 보고 아는 척을 했다.

"늦으면 떠난다고 협박하지 않았소?"

대발이 농으로 대꾸했다.

"하하하, 말이 그렇다는 거지 설마 손님들을 두고 떠나겠습니까?"

"제길, 그런 줄도 모르고 새벽잠도 설치고 왔네. 우린 들어가서 좀 더 자야겠소. 수고하쇼!"

"하하하, 그렇게 하십시오!"

육살의 호탕한 웃음을 뒤로하고 적풍과 일행이 서둘러 선실로 향했다.

선실에 들어선 적풍은 잠을 청하는 대신 쿠샨에게서 받은 전마비록을 펼쳤다.

비록을 펼치는 적풍의 가슴이 두근거린다. 마치 그의 아버지 전마 적황을 만나는 듯한 느낌이었다.

적풍은 금세 전마비록에 빠져들었다.

전마비록 속에는 적황을 눈앞에서 보는 듯 생생하게 묘사가 되어 있었다. 가슴 깊이 존재했던 아버지에 대한 원망과 그리움이 적풍이 전마비록에서 눈 떼지 못하게 했다.

그래서 선실의 창을 통해 햇살이 밀려들고 그 햇살이 다시 선실 지붕에 가려질 때까지도 적풍은 전마비록을 읽고 있었다.

제8장
전왕의 검…
사자(獅子)의 기운

아버지가 아닌 한 무인으로서 전마 적황은 훌륭했다. 그를 기억하는 사람 대부분, 심지어 그의 적이었다 해도 무인으로서 그를 흠모하는 이유가 전마비록에 담겨 있었다.

칠보의 주인인 칠가를 상대하는 전마의 모습에서는 전율이 느껴지기까지 했다. 그와 같은 삶을, 그와 같은 강호행을 하고 싶다는 욕망이 끊이지 않고 일어났다.

다시 생각해도 한 명의 무인으로서 전마는 충분히 훌륭했다.

"다른 사람의 아버지라면 좋았을걸."

문득 적풍이 중얼거렸다.

자신의 아버지가 아니라면 적풍 역시 다른 사람들처럼 전마의 매력에 빠져들어 그를 추종하고 그를 숭상했을 수도 있었다.

그러나 아쉽게도 전마 적황은 그의 아버지였고, 아버지로서 전마는 원망의 대상일 뿐 결코 매력적인 인물이 아니었다.

어느새 해가 중천에 떠 있었다. 배가 포구를 떠난 지도 오래다. 그러나 적풍은 선실에서 벗어날 줄 몰랐다.

다른 사람이 아닌 아버지의 행적을 기록한 전마비록이다. 단숨에 읽어 내려가는 것이 이상한 일이 아니었다.

"식사하시지요?"

조심스레 선실 문을 연 사람은 대발이었다.

그제야 적풍이 전마비록에서 눈을 뗐다. 그러고는 낯선 시선으로 주위를 둘러봤다.

커다란 대발의 얼굴과 흔들리는 배의 선실, 전마비록의 환상 속에서 한순간 깨어난 듯한 느낌이 드는 적풍이다.

"벌써 그리되었나?"

"솔직히 말하자면 조금 늦었죠."

대발은 식사가 늦은 것이 불만인 모양이었다. 하긴 평소에도 식탐이 두드러지는 대발이다. 자기 말로는 어려서 하도 굶어 그렇다지만 사실 그의 체구를 보면 굶고 큰 것 같지도 않았다.

적풍이 자리를 털고 일어났다. 매끼 식사는 낭왕 준갈 일행이 모여 지내는 큰 선실에서 이뤄졌다.

"뭐 특별한 것이라도 있습니까?"

적풍이 선실을 나서기 전에 대발이 궁금한 듯 물었다.

"글쎄… 특별하다면 특별하지만 비밀스런 것은 없더군."

"그런가요?"

대발이 실망스런 표정으로 중얼거렸다. 그도 그럴 것이 북두회 고수들이 탐내던 서책이라면 뭔가 대단한 것이 들어 있을 것이라 기대했던 일행이었다.

그러나 적풍은 쿠샨의 말대로 전마비록에서 특별한 것을 발견할 수 없었다.

"읽어보든지."

적풍이 대발에게 전마비록을 내밀며 말했다.

그러자 대발의 얼굴이 갑자기 붉어졌다. 마치 도둑질하다 들킨 사람처럼 멋쩍어하던 대발이 머리를 긁적이며 말했다.

"제가… 마적질을 하다 보니 글을 다 잊어버려서. 이제 이름 석 자 겨우 쓰는 정도지요."

애초에 잊어버릴 글도 없었던 대발이리라. 초원에서 마적질로 살아온 그에게는 애초에 글을 배울 기회가 없었던 것이다.

"그렇군. 글을 모르는 것도 가끔은 편하지."

"에이, 그래도 알면 좋지요. 율사 그 친구가 항상 날 놀리는 게 바로 그건데……."

"그럼 배우든지. 율사라면 좋은 스승이 될 텐데."

"제길… 그러고는 싶은데 이젠 머리가 굳어서 영……."

"억지로라도 배워두면 쓸데가 있을 거야."

"그렇지요. 그런데 뭐… 에이, 밥이나 먹으러 가시죠."

대발이 더 이야기하기 싫다는 듯 적풍에 앞서 걸음을 옮겼다.

쿠샨은 밥을 먹는 내내 적풍의 눈치를 살폈다.

적풍은 그 눈길에 담긴 의미를 짐작하고 있었다. 그는 아마도 적풍이 전마비록을 어떻게 읽었는지 알고 싶었을 것이다.

그 이유도 적풍은 짐작했다.

쿠샨, 이자는 의천노공 외에 자신이 전마 적황의 혈통이라는 사실을 짐작해 낸 유일한 인물이었다.

아들로서 아버지의 행적을 살펴본 느낌을 물어보고 싶은 마음이 굴뚝같으니 입에 밥이 제대로 들어갈 리 없었다.

그저 적풍의 식사가 빨리 끝나기만을 기다릴 뿐인 쿠샨이었다. 그리고 적풍이 젓가락을 놓자 기다렸다는 듯이 그의 입이 열렸다.

"모두 읽어보셨소이까?"

"그렇소."

쿠샨의 호기심과 달리 적풍은 심드렁하게 대답했다.

"어땠소이까?"

쿠샨이 물었다.

"의문이 생기더구려."

"……?"

"도대체 이런 서책을 왜 북두회에서 욕심을 냈나 해서 말이오."

적풍이 상 위에 전마비록을 올려놓으며 말했다. 그러자 쿠샨의 얼굴에 실망감이 묻어났다.

"역시 특별한 것은 발견하지 못한 모양이구려."

"당신이 더 잘 알 것 아니오. 수십 번 보았을 테니."

전마비록에 남은 사람의 손길은 결코 적지 않았다. 아마도 그건 대부분 쿠샨이 남긴 손때일 터였다.

"그렇긴 한데… 당신이라면 혹시 특별한 것을 발견할 수 있지 않을까 기대를 했었소."

"글이 그대로고 사람 눈도 그대로인데 다를 게 뭐 있겠소?"

"하지만……."

쿠샨이 무슨 말인가를 꺼내려다 말고 입을 닫았다. 이미 그의 입에 적풍의 혈통에 관한 이야기가 언급되는 순간 적풍의 검이 자신의 목을 벨 것이라는 경고를 받은 쿠샨이었다.

"가져가시오."

적풍이 전마비록을 쿠샨 쪽으로 밀며 말했다.

"무슨 말씀을. 그건 내가 그대에게 준 것이오. 그러니 전마비록의 주인은 이제 당신이오. 내가 가지고 있어봐야……."

쿠샨의 말에 적풍이 머뭇거림 없이 전마비록을 챙겨 품에 넣었다. 사실 아버지의 행적을 기록한 글이라 좀 더 두고 살펴보고 싶은 마음이 있었던 것이다.

"그 망할 놈들은 대체 왜 그 서책을 쫓았던 걸까?"

대발이 의뭉스런 표정으로 중얼거렸다.

"오해를 하고 있었겠지."

율사가 대답했다.

"오해? 무슨 오해?"

"전마비록이란 서책에 뭔가 전마에 대한 중요한 비밀이 들어 있을 거라고 말이야. 실제론 아무것도 아닌 그저 행장록일 뿐인데……."

"그럼 당신의 왜 저 아무것도 아닌 서책을 목숨을 걸고 지키려 한거요?"

대발이 이번에는 쿠샨에게 물었다.

"사부의 유품이니까."

"하지만 별 가치도 없지 않소?"

"사부의 유품은 그 자체로 가치가 있는 것이오."

"제길 무슨 소린지 모르겠군. 사람 목숨보다 더 중하다는 건가?"

"그걸 명예라고 하지."

옆에서 율사가 쿠샨을 대신해 대답했다.

"아아, 그 무인의 자존심 뭐 그런 거?"

"가끔… 그것이 목숨보다 중요할 때도 있소."

쿠샨이 다시 말을 받았다.

"확실히 나 같은 종자는 이해할 수 없군, 무림이란 곳은……. 난 그저 배부르고 등 따스하면 그만이야."

대발이 탁주 한 사발 들이켜며 중얼거렸다.

그러자 지금껏 침묵을 지키고 있던 준갈이 화제를 돌렸다.

"주군, 절강에 도착하면 어디로 가시렵니까? 그들을 어디에서 만날 수 있습니까?"

적풍은 목적지가 절강이라는 것만 이야기했지 흑사회가 절강의 어디에 있는지는 아직 말하지 않은 상태였다. 그건 아마도 아직까지는 준갈 등을 온전히 믿지 않기 때문일 것이다.

그러나 이미 배에 올라 절강에 가까워졌으니 이젠 말을 해줘도 괜찮을 때였다.

"혹 절강의 지리에 밝은 사람 있나?"

적풍이 일행을 돌아보며 물었다.

그러나 낭왕 준갈을 비롯해 율사와 대발 모두 북방에서 살아온 사람들인지라 남쪽 지리에 밝을 리 없었다.

"대막에서 마적질이나 하던 저흰데 절강은 모르지요."

대발이 투박하게 대답했다.

"당신은 어떻소?"

적풍이 쿠샨에게 물었다.

그러나 사실 별 기대를 하는 것 같지는 않았다. 쿠샨이 몽골 황실의 무사였다면 그 역시 대도 연경 근처를 벗어날 일이 많지 않았을 것이기 때문이었다.

그런데 쿠샨이 예상외의 대답을 했다.

"조금 알지요."

"정말이오?"

적풍보다 대발이 놀란 표정으로 물었다.

"황궁에 들어가기 전 사부의 명으로 천하를 주유했소. 우리가 황실의 일을 도왔다고는 해도 무림의 사람인지라. 그래서 북원의 황제를 따라 몽골로 가지 않은 것이오."

"하지만 당신 이름을 보면 중원에 어울리는 것도 아닌데……?"

"무림에 출신이 무슨 상관이오."

쿠샨이 싸늘하게 말했다.

"하긴… 그렇기는 하오만."

대발이 수긍했다. 사실 대발도 중원의 사람이 아니긴 마찬가지였다.

"아무튼 절강의 지리를 안다는 것이구려."

적풍이 확인하듯 물었다.

"그렇소."

"그럼 혹시 십자성이라고 아시오?"

"십자… 성이라……."

쿠샨이 십자성이라는 이름을 되뇌이며 생각에 잠겼다. 그러다가 문득 고개를 끄떡였다.

"알 것 같소."

"다행이구려."

적풍은 유령마군 사혼을 찾아가고 있었다.

의천노공 우서한의 말대로 강호에 북두회나 지왕종문에 대적할 세력을 키우려면 일단 그의 수족으로 움직일 세력이 필요했다.

흑사회는 그런 면에서 완벽한 세력이라고 할 수 있었다. 그와 인연도 깊고 행보도 은밀하니 세력을 일으키는 데는 안성맞춤이었다.

"그런데 내가 알기로 십자성은 다 무너진 고성인데 그곳엔 왜?"

"가보면 알거요. 그런데 최근에 절강 소식은 들었소?"

"절강이야 사실 무림에서 외진 곳이오. 지혈문의 멸망으로 잠시 관심이 모이기는 했지만 그 이후로는 다시 사람들의 이목에서 소외되었소이다."

"아직 나서지 않은 모양이군."

적풍이 중얼거렸다.

유령마군 사혼이 강호행을 시작했다면 강호에 소식이 나지 않을 리 없었다.

세상에 나와 알게 된 것 중 하나는 유령마군 사혼이 적풍이 생각했던 것보다 훨씬 더 유명한 사람이라는 것이었다. 물론 그것이 사람들을 공포에 떨게 하는 마명이기는 하지만.

"주군, 그들이 과연 북두회나 지왕종문을 대적할 수 있겠습니까?"

율사가 조심스럽게 물었다.

위치는 말하지 않았지만 흑사회를 찾아가는 것은 비밀이 아니었다.

"그들만으로는 힘들겠지. 하지만 시작이 중요하니까."

"그렇기는 하지만. 그들은 워낙 무림에서 배척당하는 자들이라."

"상관없어. 사람은 힘과 재물로 움직이니까."

"명분도 중요합니다."

율사가 말했다.

"그건 평시에 중요한 거고, 평지풍파가 이는 혈풍의 시기에는 명분도 힘을 잃지. 사람은 그리 강한 존재가 아냐. 강호가 어지러워지면 집 없고 배고픈 자들은 결국 그 폭풍을 피해 목숨을 부지하고 배를 곯지 않을 곳을 찾게 될 거야."

"흑사회가 그 역할을 해줄 수 있을까요?"

율사가 반문했다.

"그렇게 만들어야지."

"그들을… 장악할 수 있으십니까?"

"사부는 야망이 큰 사람이야. 천하를 보고 있지. 그리고 내 힘을 누구보다 잘 알고 있는 사람이기도 하고. 날 가르쳤으니까."

그때 문득 쿠샨이 끼어들었다.

"잠깐, 잠깐… 지금 흑사회라 했소?"

"그렇소?"

율사가 대답했다.

"설마 그들을 찾아가는 거였소?"

"듣지 않았소."

"그들은… 아, 그들이라면……."

"문제가 있소?"

"그들은 무림의 배척자들이오. 하물며 유령마군 사혼의 그 악명. 정말 그의 제자요?"

쿠샨이 적풍에게 물었다. 믿지 못하겠다는 표정이다.

"한때 그에게 무공을 배웠소."

"그를 찾아가는 거라면 미안하지만 다시 생각해 보시오. 그는 큰일을 도모할 사람이 아니오. 그는 독사 같은 자요."

"그건 걱정 마시오. 그에 대해선 누구보다 내가 잘 아니까."

적풍이 말했다.

"결국 이용만 당할 거요."

쿠샨이 경고했다.

"그것도 걱정 마시오. 내가 그를 이용할 거니까."

"음… 그를 찾아가는 거라면 난 함께 가기 어렵소."

쿠샨이 말했다.

그러자 적풍의 얼굴이 차갑게 굳었다. 그의 눈에 검은빛이 감돌았다. 그 눈이 쿠샨을 보며 한 올의 감정도 느껴지지 않는 목소리로 말했다.

"당신은 당신이 들은 모든 것을 머릿속에서 지울 수 있소?"

"그, 그건… 날 믿지 못하겠다는 거요?"

"난 사람을 믿지 않소."

"떠나겠다면 날 죽이겠다는 거요?"

"좋을 대로 생각하시오."

적풍이 대답했다.

대답은 그렇게 했지만 의도는 확실했다. 떠나겠다면 아마도 적풍은 쿠샨을 벨 것이다. 다른 무엇보다도 그의 혈통에 대해 쿠샨이 알고 있다는 것이 가장 큰 문제였다.

언젠가는 스스로 밝혀질 수도 있지만 지금 자신이 전마 적황의 아들임이 드러나서는 곤란했다.

"당신은… 전마와는 조금 다르구려."

"내가 그와 같아야 할 이유가 있소?"

적풍이 더욱 차가워진 목소리로 물었다. 쿠샨의 질문은 위험한 지경에 이르러 있었다. 전마와 적풍을 비교하는 것은 곧 그의 혈통에 대한 언급과 같기 때문이었다.

"하긴… 다른 사람이니 같을 수는 없지."

쿠샨이 한발 물러났다.

"그라면 당신을 그냥 보내줬을 것 같소?"

적풍이 물었다. 그러자 쿠샨이 대답했다.

"그는 그런 존재였소. 그는 스스로에게도 혹은 다른 사람에게도 그렇게 절대적 존재였소. 그래서 오고 가는 것에 아무런 제지가 없었소. 왜냐하면 그 스스로 모든 문제를 해결 수 있기 때문이었소."

쿠샨의 말에서 사람들은 그가 얼마나 전마 적황을 추종하는 자인지 알 수 있었다. 이런 절대적인 믿음은 오직 마음으로 추종하는 자에게서만 볼 수 있는 것이다.

"언젠가는 나도 그처럼 당신을 보내줄 수 있을 거요. 그러나 지금은 아니오."

적풍이 냉정하게 말했다.

"휴… 그렇다면 어쩔 수 없구려. 함께 갈밖에. 아직은 죽고 싶은 생각이 없으니까. 그리고… 사실 당신의 행보가 궁금하기도 하고 말이오."

쿠샨이 말에 장내 분위기가 금세 풀렸다. 그러자 대발이 호탕한 웃음을 터뜨리며 말했다.

"하하하, 잘 생각했소. 바다 위에서 개죽음을 할 필요가 있겠소? 그리고… 심심하면 우리 주군의 행보를 한번 기록해 보시오. 당신 사부처럼 말이오. 우리 주군께선 반드시 전마보다 위대한 사람이 될 테니 말이오."

대발은 농으로 던진 소리였지만 그 말에 쿠샨은 새로운 즐거움을 발견한 사람처럼 눈을 반짝였다.

"그거 좋은 생각이구려. 할 일 없이 붙잡혀 다니는 것보다야……"

쿠샨이 대발을 말에 맞장구를 치며 슬쩍 적풍을 바라봤다. 그러나 적풍은 아무 표정 없이 전마비록을 물끄러미 바라보고 있을 뿐이었다.

*　　　*　　　*

포구를 떠난 배는 닷새 정도 더 항해했다. 그리고 나서 배는 항주로 들어갔다.

본래부터 상선의 목적지가 항주였으므로 그곳에서부터 절강 오지에 있는 십자성까지는 육로를 따라 여행해야 했다.

일행은 항주에서 말 십여 필을 샀다.

사람이 탈 말을 제외하고 나머지 말들에는 노숙에 필요한 짐들을 싣고 일행은 즉시 항주를 떠났다.

대발은 항주의 기루에서 며칠 묵어가길 바랐지만 누구도 그의 의견에 동조하는 사람은 없었다.

여행 중에 적풍은 틈틈이 전마비록을 읽었다. 몇 번째 읽는 것이지만 혹시라도 자신이 놓쳤던 부분이 있을까 하는 생각도 있었고, 또한 전마의 행적을 읽고 있으면 왠지 모르게 마음이 편해지는 느낌도 들기 때문이었다.

가끔은 전마 적황이 글을 통해 아들인 자신에게 가르침을 주는 듯한 느낌도 받았다.

"오늘은 이곳에서 쉽시다."

육로를 택한 이후에는 쿠샨이 일행의 일정을 주도했다. 십자성이 있는 곳을 아는 유일한 사람이기 때문이었다.

만약 쿠샨이 없었다면 적풍은 항주에서 십자성을 아는 길잡이를 찾아야 했을 것이다.

"야, 풍경 좋구만!"

대발이 말에서 내리며 감탄했다.

과연 주변의 풍광은 신비로웠다. 높지는 않지만 기이하게 생긴 바위 봉우리들이 석주처럼 솟구쳐 있었고, 그사이로 안개들이 파도처럼 밀려다니고 있었다.

"험한 곳이야."

율사는 대발과는 다른 눈으로 주변의 풍광을 읽었다.

"위험한 곳이긴 하오. 군사를 들이면 길을 잃기 십상인 곳이라 예부터 반란을 일으킨 자들이나 도둑들이 즐겨 숨어들었던 곳이라더이다."

쿠샨이 대답했다.

"흑사회가 머물기엔 적당한 곳인 듯합니다."

율사가 적풍을 보며 말했다.

적풍은 대답 대신 고개를 끄떡이고는 몇 걸음 옆으로 옮겨가 절벽 아래 풍광이 보이는 바위 위에 자리를 잡고 앉았다.

그러자 준갈 등이 익숙하게 짐을 실은 말에서 천막 등을 내려 숙영할 준비를 하기 시작했다.

적풍은 자연스럽게 품속에서 전마비록을 꺼내 들었다.

그러고는 지난번에 읽었던 곳을 찾은 후 다시 그 이후의 글들을 읽기 시작했다.

그런데 전마비록을 읽어가던 적풍의 눈빛이 한순간 가늘어졌다. 글 중 한 구절이 이상하게 그의 눈길을 잡고 놓아주질 않았다.

―그가 검을 뽑자 영롱한 검은 기운이 십여 장이나 일어났다. 그 신령스런 검은 기운이 검은 사자들을 불러 모았다.

검은 사자들은 마치 앵속에 중독된 것처럼 검의 기운에 빠져들었다.

전마의 검이 그 신령스런 검은 기운을 만들어내고 그 검을 휘둘러 전마가 명을 내리면 검은 사자들은 불패의 전사로 변해 적들을 향해 돌진했다.

사자들은 검의 기운이 향하는 곳이라면 그곳이 지옥이라도 달려들어갔다. 그리고 전마를 위해 적을 베고 승리를 가져왔다.

싸움이 끝나고 전마가 검을 거둬들이면 그들은 본래의 그 온순하고 우직한 신혈족의 사람들로 변했다. 세상의 평과 달리 그들에게선 그 어떤 사이한 기운도 찾아볼 수 없었다.

그래서 난 가끔 의문이 들기조차 했다. 전마의 검에 검은 사자들을 불패의 전사로 만드는 어떤 힘이 깃든 것이 아닌가 하고…….

검은 사자들이 북두회의 일문인 북산맹 천룡문의 기보를 탈취했을 때의 일을 기록한 부분이었다.

그때쯤이면 검은 사자들이 세상에 나와 일 년 정도 강호를 종횡했을 때다.

글은 조금은 과장되게 검은 사자들의 싸움을 영웅적으로 기록하고 있었다. 아마도 쿠샨의 사부 타부가치가 전마에게 깊이 경도되어 있었기 때문일 것이다.

"사자검의 기운 아래서 검은 사자들은 앵속에 중독된 것 같았다고?"

왜 그 글귀에 시선이 머무는지는 알 수 없었다.

적풍이 곰곰이 그 이유를 생각하다 문득 서책의 다른 부분을 펼쳤다. 그리고 잠시 후 다시 또 다른 부분을 펼쳤다. 그리고 한순간 서책을 손에서 놓으며 중얼거렸다.

"다르지 않아. 칠가와의 싸움에 중요한 순간 아버지는 언제나 사자검을 뽑아 검기를 일으킨 후 마치 깃발처럼 그 검기로 검은 사자들을 지휘했다. 그러면 검은 사자들은 무적의 전사로 변했지. 또한 이 기록대로라면 검은 사자들은 아버지를 따르는 동안 비약적인 무공의 발전을 이뤘다. 그런데 아버지가 그들에게 무공을 가르쳤다는 글은 기록되어 있지 않아. 그리고……"

적풍의 시선이 문득 낭왕 준갈에게 머물렀다.

준갈의 무공도 그동안 크게 진보되어 있었다. 처음 그를 보았을 때와 지금은 그 무공의 수준이 전혀 달랐다.

홍안령에서 수타이를 두고 싸울 때는 말할 것도 없고, 초원에서 북산맹의 고수들을 상대할 때와 지난번 포구에서 북두회의 고수를 상대할 때의 무공은 또 비교할 수 없이 달랐다.

그동안 함께 여행하며 적풍이 그에게 무공을 가르쳐 준 것도 아니었다.

그럼에도 준갈은 이 몇 개월의 여행 동안 그조차도 설명할 수 없는 이유로 무공이 진보했다.

스릉!

적풍이 문득 전왕의 검, 그에게는 사자검이라는 이름이 더 익숙한 검을 뽑았다.

진기가 깃들지 않은 사자검은 투박한 검이다. 어디서도 영검의 기운을 찾아보기 힘들었다.

적풍이 사자검에 살짝 진기를 주입했다. 그러자 검신에서 탁한 기운이 사라지더니 이내 투명하리만치 영롱한 검은빛이 사자검을 휘감았다.

"무슨 일이십니까?"

갑자기 멀리 떨어진 곳에서 준갈의 목소리가 들렸다. 적풍이 고개를 돌려보니 준갈이 적풍을 바라보고 있었다.

'감응한다!'

느낌일 뿐일 수도 있었다. 사자검 때문이 아니라 우연히 적풍에게 시선이 머물렀을 수도 있었다. 그런데 적풍은 준갈이 자신이 아닌 사자검에 반응했다는 확신이 들었다.

그러면서 문득 의천노공 우서한이 사자검을 주며 했던 말 중 관심을 두지 않았던 말이 떠올랐다.

"전마가 이 검을 너에게 전하라 한 것은 자신의 절반을 내어 준 것과 같다. 그러니 네 아버지를 너무 원망치 말거라. 아마도 그의 마음 깊은 곳엔 너에 대한 애정이 숨어 있었을 것이다. 그에게 이 검은 단순한 보검이 아니었다. 전왕의 검은 말 그대로 그가 전사들의 왕임을 증명하는 신물과도 같은 것이었다."

"주군!"

다시 멀리서 준갈의 목소리가 다시 들렸다. 필요한 것이 있는지 묻는 표정이다.

적풍이 검을 거두고 손을 들어 아무 일도 아니라는 신호를 보내자 준갈이 이내 다시 숙영지를 꾸리기 시작했다.

"사자검의 기운이 주인을 넘어 신혈족이라면 누구에게나 전해진다는 건가? 잠재된 그들의 기운을 깨우고, 그들의 투기를 불러일으킨다는 것인가? 그럼 설명이 되지. 전마에게 무공한 구절 배우지 않은 검은 사자들이 그렇게 강해진 이유가. 흠흠… 그래서 최초에 전왕의 검이라는 이름을 얻은 것이군."

적풍이 다시 검집째 검을 들어 올렸다. 그러고는 마치 살아 있는 생명을 앞에 둔 것처럼 중얼거렸다.

"도대체 네놈 정체가 뭐냐? 누가 너 같은 놈을 만든 거지?"

그러나 대답을 들을 수 없는 질문이다. 의천노공 우서한조차도 사자검을 누가 만들었는지, 왜 이 전사들의 왕을 증명한다는 사자검이 아버지 전마 적황의 손에 있었는지는 설명해 주지 않았다.

어쩌면 그조차도 그 이유를 모를지도 모른다.

"식사하시죠?"

멀리서 대발의 목소리가 들린다. 대발의 행동을 보면 사자검에 대한 생각이 점점 확신으로 변했다.

왜냐하면 그동안 무공이 발전한 것은 오직 준갈에게 국한된 일이었고, 또 대발과 율사는 여전히 내심으로 그가 아닌 준갈을 주군으로 따르고 있는 것을 알기 때문이었다.

사자검이 준갈의 무공을 급격하게 변화시키고 검의 주인인 자신에게 맹목적인 충성심을 만들어낸 것이라면 그건 오로지 신혈족의 피를 지닌 자들에게만 나타나는 감응일 터였다.

"아무래도 좋지. 나의 사람이 생긴다는 거니까!"

적풍이 자리를 털고 일어났다.

*   *   *

문이 열리고 중년 사내가 빠르게 어두운 전각을 가로질렀다. 전각 끝에 남쪽으로 난 창이 있었다.

창을 통해 고고한 달빛이 비쳐들었다. 그곳에 구부정한 노인한 명이 달빛을 햇살처럼 받으며 서 있었다.

"회주!"

"왔느냐?"

중년 사내가 노인을 부르자 노인이 고개를 돌려 대답했다. 애꾸에 얼굴에 길게 난 자상, 흑사회주 유령마군 사혼이다.

"일이 심상치가 않습니다."

"마도충이 들고 일어날 것 같으냐?"

"아마도⋯⋯."

"빌어먹을 놈! 늙은 늑대인 줄 알았는데 이제 보니 노호였구만⋯⋯."

사혼이 혀를 찼다.

"문제는 마도충이 아닙니다. 그의 제자라는 녀석이지요."

"우마라는 놈 말이지?"

"그렇습니다."

대답을 하는 사내는 유령마군 사혼의 오랜 충복 타림이다.

"애송이 녀석이 참 맹랑하단 말이야."

"얕볼 수 없는 자입니다. 다른 건 몰라도 그의 경공은 감히 무림에서 대적할 자가 없을 지경입니다. 더군다나 무공보다 무섭다는 독심을 가지고 있기도 하고. 살펴본 바에 의하면 마도충 역시 스승이라고는 해도 우마의 결정에 반발을 하지 못하는 것 같습니다."

"제길⋯ 참 이상한 일이란 말이야."

사혼이 천천히 걸음을 옮기며 중얼거렸다. 달그림자가 그를 따라 움직였다.

"무엇이 말입니까?"

"나와 마도충은 흑사회를 일으킨 장본인들이지."

"무슨 말씀을! 흑사회는 오로지 회주께서 일구신 겁니다. 감히 마도충이 권리를 주장할 수 없지요."

"아니야. 꼭 그렇지는 않아. 이전에야 나의 흑사회라 할 수 있지만 이 십자성의 흑사회는 사실 마도충이 재건한 것이지."

"회주가 없으셨으면 불가능한 일입니다."

타림이 고개를 저으며 말했다.

"물론 내 이름이 도움이 되긴 했겠지. 하지만 말이야, 마도충이 재건한 이 십사성의 흑사회는 나조차도 감탄할 지경이야. 생각보다 조직이 치밀하고 힘이 있어. 지왕종문이 지혈문을 무너뜨린 이후에 오히려 그 싸움에서 이득을 취한 것은 흑사회거든. 항주의 상권 이 할을 차지했지 않은가?"

"그건 좀 의외의 일이었지요."

타림이 고개를 끄떡였다.

"야문을 이용한 것도 그렇고… 야문의 문주는 나조차도 만나기 어려운 여잔데 말이야. 쩝!"

유령마군 사혼이 입맛을 다셨다.

"그 일을 해낸 것이 바로 그 애송이라더군요."

"음. 그건 나도 알고 있다. 그러니 흑사회의 재건에 마도충과 그 제자 아이의 공이 없다고 어찌 말할 수 있겠느냐? 그들의 요구는 정당하다고 할 수 있다. 다만……."

유령마군 사혼이 살짝 아미를 모았다. 순간 그의 눈에서 차가운 살기가 스치고 지나갔다.

"역시 그를 기다리십니까?"

"음… 기다려지는군."

"지금껏 연락이 없는 것을 보면……."

"단명할 상은 아니야."

"하지만 상대가 의천노공입니다."

"의천노공이라서 더 기대하는 거다. 그는 사람을 함부로 죽이지 않지."

사혼이 대답했다.

"설혹 유괴 그 친구가 돌아온다고 해도 과연 우마의 상대가 되겠습니까?"

"충분해!"

"예?"

타림이 놀란 표정으로 되물었다.

"그놈은… 우두머리 기질이 있는 놈이야. 기세로도 우마를 누를 수 있을 거야."

"하지만 우마의 경공은… 솔직히 강호에 적수가 있을지 의문입니다만……."

"흐흐흐, 그건 자네가 유괴 그 녀석을 몰라서 하는 말이야."

"……?"

"내가 본 유괴는 말이야. 패자(覇者)의 기운을 가지고 있어. 물론 우마를 상대하면 처음에는 약간 손해를 볼 수도 있겠지.

하지만 결국에는 유괴가 이기게 되어 있어. 패자의 기운을 지닌 자에게 작은 재주는 결국 쓸모없어지고 말아."

사혼이 확신하듯 말했다.

"그런가요? 저로서는……."

"타림 자네는 아직 유괴의 진면목을 보지 못했으니까."

"단웅족에서야 저도 그가 싸우는 것을 여러 번 보았지요."

"싸우는 모습을 말하는 게 아니야. 녀석의 눈… 솔직히 난 녀석을 죽일 뻔했다니까. 두려워서 말이야. 말이 되나? 천하의 유령마군 사혼이 그런 애송이에게 두려움을 느끼다니. 하지만 우마 그놈은 아니야. 녀석이 대단하단 건 인정하지만 두렵지는 않아. 만약의 경우 난 녀석을 충분히 죽일 수 있어. 그건 장담하지."

사혼의 말에 타림이 의아한 표정으로 되물었다.

"그럼 뭘 고민하십니까? 지금이라도 녀석을 제압하고 마도충을 무릎 꿇리시면 되지 않습니까?"

"음… 그렇긴 한데 그렇게 되면 재건된 흑사회가 온전할 것 같지 않단 말씀이야."

"쪼개지긴 하겠지요."

타림이 대답했다.

"내 꿈이 큰 건 알고 있지?"

"여부가 있습니까?"

"유괴 녀석이 돌아올 것을 생각하면 흑사회를 쪼개면 안 돼. 설혹 유괴가 돌아오지 못한다 해도 그건 마찬가지다. 그때는…

어쩔 수 있나. 우마 그놈에게 기대를 걸어보는 수밖에……."

"당장 삼 일 후 대회합에서 우마를 후계자로 지목하라고 성화지 않습니까?"

"그럼 그러지 뭐."

"예?"

"녀석이 후계자가 돼도 회주는 나다. 나중에라도 유괴 놈이 오면 그땐 후계자를 바꾸면 돼."

사혼의 말에 타림이 고개를 저었다.

"그건 거의 불가능할 겁니다."

"어째서?"

"지금도 회의 오 할이 마도충과 우마를 따르고 있습니다. 만약 우마가 이번 대회합에서 후계자로 지목되면 그땐 칠팔 할의 세력이 그들을 따를 겁니다. 그때가 돼서야……."

"안 될까?"

"분명 그럴 겁니다."

타림이 확신했다. 그러자 사혼이 빙그레 미소를 지으며 말했다.

"타림, 세상일은 그렇게 간단한 게 아니야."

"무슨 말씀이신지……?"

"자네 초기 흑사회가 어떻게 힘을 키웠는지 기억하나?"

"그야 당연히 회주께서 동분서주하시며 적들의 수장들을……!! 아, 회주 설마……?"

"흐흐흐, 자네도 알다시피 흑사회에 들어온 놈들에게선 충성심을 기대할 수 없어. 놈들은 자신의 욕심을 채워줄 주인을 찾아 흑사회에 온 것뿐이야. 다시 말해 주인이 강할 때야 충성을 다하지만 약해지거나 혹은 죽어버리면 새로운 주인을 찾게 되지."

"마도충과 우마를 죽이실 생각이시군요."

"유괴가 오면. 흐흠……."

"혼란을 방지하기 위해 조용히 암살을 하면 되는 것이군요. 물론 외부에 두 사람을 죽인 범인을 따로 만들어두면 일은 더욱 수월해질 것이고 말입니다."

타림이 미소를 지으며 말했다.

"그것도 바보 같은 소리야. 뭐하러 조용히 죽여. 비무를 시키면 되지. 공개적으로 해야 모든 게 깨끗해. 그래서 이번에 그 조건을 걸 거야. 나중에라도 내 제자가 오면 비무 한 번 하라고. 내 체면을 봐서라도 말이지. 그럼 승낙하지 않을 수 없을 거야. 유괴가 와서 비무를 통해 우마 놈을 죽이면 더욱 강한 인상을 줄 거 아냐."

"그러다 유괴가 죽으면 어떡합니까?"

"낄낄, 뭘 어떡해? 그럼 나도 어쩔 수 없는 거지. 유괴는 죽고 나야 흑사회의 늙은 주인으로 존경받으며 편히 살다 죽는 거지. 천하군림이야… 애초부터 조금 무리잖아?"

사혼이 음흉한 미소를 지으며 말했다.

"알겠습니다. 대회합은 예정대로 준비하겠습니다."

"그렇게 해. 제일 좋은 것은 그전에 유괴 녀석이 오는 것인데 말이야. 몇 년째 소식이 없는 놈이 며칠 사이 나타날 리도 없고… 쩝!"

유령마군 사혼이 혀를 다시며 중얼거렸다.

크지는 않지만 거센 세 갈래 물줄기가 휘감아 돌아 나가는 절곡의 작은 산, 산이라고 하기에도 창피한 낮은 구릉 같은 산에 한 채의 고성이 세워져 있었다.

언제 세워졌는지 그 유래를 아는 사람은 없었다.

풍문에 의하면 춘추시대 오나라의 왕이 세운 성이라고 하는데, 지금은 성 곳곳에 허물어져 이젠 성의 구실을 제대로 할 수 없는 석성이었다.

그럼에도 이 성이 인간의 역사에서 가끔 중요한 역할을 할 때가 있었다. 물론 그걸 기억하는 사람은 많지 않지만 세상사에 해박한 자들은 이 성(城)이 분란의 시기 도망자들이 숨어 재기를 노리기에 안성맞춤이란 것을 알고 있었다.

또한 그렇게 세상으로부터 몸을 피해 재기에 성공한 자도 여럿 있었다. 하지만 역시 평화로운 시기에는 전혀 쓸모가 없는 성이었다.

그런 낡은 성에 몇 년 전부터 기이한 무리가 머물기 시작했다.

검은 무복을 주로 입고, 머리에서 검은 삿갓을 써 얼굴을 드러내는 일이 거의 없는 무리였다.

그들은 대충이나마 무너진 성벽을 수리하고 아름드리나무

를 잘라 와 성문을 새로 만들어 달았다.

그러고는 그 안에 틀어박혀 무슨 일을 하는지 세상 밖으로 좀체 모습을 드러내지 않았다.

주변에서 약초를 캐는 산꾼들은 본래 가끔 무너진 성에 들어가 요기를 하거나 하룻밤 자고 가곤 했는데 불청객들이 들어온 이후에는 성 근처에 얼씬도 하지 않았다.

한눈에 봐도 하고 다니는 모양새가 성품 좋은 인간들 모습이 아니기 때문이었다.

사람들은 성의 이름을 십자성이라고 불렀다. 왜 그런 이름이 붙었는지는 아무도 알지 못했다. 그저 그 성에서부터 남쪽으로 가야 밤하늘에 뜬 십자성을 볼 수 있기 때문이란 말이 있기는 했지만 그게 정말인지도 알 수 없었다.

그런데 평소에는 깊은 어둠에 잠겨 있는 그 낡은 고성이 오늘 밤은 무슨 일인지 대낮처럼 환하게 붉을 밝히고 있었다.

그리고 그 즈음 적풍 일행도 햇불로 가득한 고성을 눈앞에 두고 있었다.

제9장
우마

백여 개의 횃불이 타올랐다. 십자성의 밤이 이렇게 밝았던 적은 단언컨대 몇 백 년 래에 없었다. 손을 봤다고는 하지만 곳곳이 허물어진 낡은 고성에서 태양을 품은 듯 사방으로 빛이 흘러나왔다.

그리고 그 빛의 중심에 일백여 명의 사람이 모여 있었다.

흑사회주 유령마군 사혼은 전시라면 장수가 장병들을 호령했을 성 중앙광장의 북쪽 누대에 올라 있었다.

누대는 돌을 쌓아 만든 것이었는데 광장으로 내려가는 이십여 개의 계단 주변으로 흑사회의 주요 고수들이 즐비하게 늘어서 있었다.

특이한 것은 대낮처럼 성을 밝힌 불빛이 사혼이 앉아 있는 곳에선 힘을 잃는다는 것이었다.

본래 어두운 것을 좋아하는 사혼인지라 자기 주변에는 횃불을 들이지 않았기에 일어난 현상이었다.

"회주! 이제 결단을 내리시지요!"

입을 연 자는 평범해 보이는 육십 대 초반의 인물이었다.

사람 많은 대처에 나가면 너무 평범해서 전혀 사람들의 관심을 끌 수 없는 얼굴을 가진 자는 그러나 흑사회에서는 유령마군 사혼을 능가하는 힘을 지닌 자였다.

노인의 이름은 마도충, 과거 흑사회가 번성하던 시기에는 유령마군 사혼을 따르는 네 명의 측근 중 한 명으로 그 시기에는 사대흑룡으로 불리던 자였다.

오대세가의 공격으로 사대흑룡 중 셋이 죽고 유일하게 살아남은 마도충은 사혼이 북방으로 몸을 피해 있는 사이 중원에 남아 흩어진 흑사회 무리를 끌어모았다.

그리고 그 세력이 오늘날 십자성을 중심으로 재건된 흑사회의 주력이었다.

그래서 사실 현재의 흑사회는 비록 유령마군 사혼이 회주의 자리에 있기는 하지만 실질적으로는 마도충이 움직이고 있다고 해도 과언이 아니었다.

하지만 그래도 마도충이 감히 사혼을 제거하고 흑사회의 회주 자리를 넘볼 수는 없었다.

사람을 모으는 일은 몰라도 무공으로 보자면 마도충은 여전히 사혼에게 견줄 수 없었다. 더군다나 흑사회라는 조직이 유지될 수 있는 가장 큰 이유는 유령마군 사혼이라는 이름 때문임을 마도충도 잘 알고 있었다.

그래서 마도충은 스스로 흑사회의 수장이 될 욕심은 부리지 않았다. 대신 그는 다른 욕심을 내고 있었다.

"회주, 부회주의 말이 맞습니다. 어느 조직이든 후계자가 정해져야 체계가 서는 법입니다."

입을 연 자는 현재 흑사회에서 사혼과 마도충에 이어 서열삼 위를 자처하고 있는 호탄이다.

과거에는 마도충과 그리 가까운 사이가 아니었으나 흑사회가 재건되는 과정에서 마도충의 심복이 된 인물이었다.

"그게 그렇게 급한 일인가?"

사혼은 귀찮은 표정으로 머리를 긁적이며 중얼거렸다. 상대의 맥을 빠지게 만드는 반응이다.

"회주, 이 일은 우리 흑사회에 아주 중요한 일입니다. 이제 흑사회는 십자성에만 머물 수 없을 만큼 세력이 커졌습니다. 성 밖에서 활동하는 형제들의 수가 일백이 넘고 그들이 부리는 자들의 수까지 합치면 삼사백이 넘습니다. 이럴 때 후계자를 정해놓지 않으면 결국 내분이 발생하게 될 것입니다. 지금도 야심 있는 자들은 서로 반목하며 회의 일에 방해가 되고 있습니다."

마도충이 단호하게 말했다.

"그래? 그런 놈들은 죽여야지."

사혼이 무심하게 말했다. 그러나 그 순간 사혼의 눈에서 흘러나오는 살기를 보지 못한 사람은 없었다.

짧은 순간 단 한 번 노출된 사혼의 살기가 장내를 침묵에 빠뜨렸다. 마도충 역시 자신도 모르게 두려움을 느껴 입을 닫을 정도였다.

아마도 그는 그 순간 오대세가의 공격이 있기 전 흑사회에서 사혼이 어떤 사람이었는지를 떠올렸을지도 모른다.

당시 사혼은 냉혈한 독재자였다. 자신의 의사에 반하는 자를 절대 살려두지 않는 사혼이었다.

아무리 마도충이 재건된 흑사회의 실질적인 권력자라 해도 감히 사혼의 심기를 거스를 용기는 없었다.

"회주, 누구도 감히 회주의 뜻을 거스를 사람은 없습니다. 다만 서로 회주의 후계자가 되기 위해 분란을 일으킬 수 있다는 말이지요. 그러니 노여움을 거두시고 쉽게 생각해 주십시오. 이런 분란은 조기에 후계자를 정하면 끝날 일입니다. 이후에는 오직 흑사회의 발전만 있을 뿐이지요."

호탄이 달래듯 말했다.

"그런 것도 같군. 그런데 말이야, 내게 제자가 한 명 있는 건 알고 있지?"

"들었습니다."

"그 아이가 돌아오길 기다리고 있어, 나는."

"외람된 말씀이지만 제자분께선 스스로 회를 떠났다고 들었습니다만……?"

"아주 떠난 건 아니야. 볼일이 있어서 잠깐 떠난 거지. 돌아온다고 했으니까 돌아올 거야."

"그러나 이미 삼 년이 훌쩍 넘은 일이 아닙니까? 언제까지 제자분을 기다리고 있을 수는… 그리고 제자분께서 돌아오신다 해도 회의 형제들에게 신뢰를 얻을 수 있을지는 확신할 수 없습니다."

제법 용기를 낸 말이다. 감히 사혼의 제자에게서 흠을 찾으려 했기 때문이다.

"그 녀석을 보면 그런 소리 안 나올걸?"

사혼이 음산한 미소를 지으며 말했다.

"물론 회주님의 제자분이라면 당연히 뛰어나겠지요."

"그런 말이 아니야."

"……?"

"무공이 뛰어난 거야 당연한 것이고, 내가 말한 것은 녀석의 성정이야."

"죄송합니다. 어리석은 소인은 회주님의 말씀을 알아듣기가……."

"아아, 겪어보면 알 일이니 굳이 이해하려 하지 마. 아무튼 한 가지는 말해두지. 녀석이 회를 장악할 수 있는지 없는지는 걱정할 필요가 없어. 녀석은 타고난 우두머리니까."

사혼의 말투가 단호하다. 그로서는 이쯤에서 후계자를 정하는 일이 이대로 마무리되면 더 바랄 것이 없었다.

그러나 일은 항상 바라는 대로 되는 것이 아니다.

"회주, 물론 제자분의 뛰어남을 의심치는 않습니다. 하지만 결국 시간이 문제지요. 제자분께서 언제 돌아오실지 알 수 없는 상황에서 마냥 기다리고 있을 수는 없습니다. 지금 우리 흑사회는 무척 중요한 시기를 맞고 있습니다. 세상이 북두회와 지왕종문의 싸움으로 어지럽습니다. 이 기회에 세력을 키워야 합니다."

마도충이 사혼에 대한 두려움에서 벗어난 듯 굳은 얼굴로 말했다.

"하긴 그렇긴 하지. 그래서 나도 고민이야. 그런데… 부회주가 말하는 그 후계자 재목은 역시 그대의 제자 우마겠지?"

"그렇습니다. 사실 우마는 자질도 자질이지만 그간 흑사회를 위해 큰 공을 여러 번 세웠습니다. 야문과의 협력도 그 아이가 이뤄낸 것이지요."

"음… 그렇지."

사혼이 고개를 끄떡였다. 그러자 호탄이 재빨리 마도충의 말을 거들었다.

"해서 흑사회의 형제들 사이에서 우마에 대한 신뢰가 아주 깊습니다. 그러면 충분히 후계자의 자격이 있습니다."

"그래… 그렇단 말이지? 우마! 있느냐?"

사혼이 흑사회 고수들이 늘어서 있는 광장을 보며 소리쳤다. 그러자 그들 중에서 호리호리한 체격의 한 청년이 앞으로 걸어 나왔다.

"우마 대령입니다."

"이리 올라오너라!"

사혼이 청년을 불렀다. 그러자 청년이 돌계단을 미끄러지듯 날아올라 사혼 앞에 섰다.

놀라운 경공이다. 더군다나 우마의 나이를 고려하면 더더욱 믿지 못할 움직임이었다.

"재주가 좋구나!"

사혼이 우마의 경공을 보는 것은 이번이 처음이다.

"감사합니다."

우마가 가볍게 고개를 숙였다.

유령마군 사혼 앞에서도 주눅 들지 않는 배포, 도도한 자신감, 그리고 뛰어난 무공까지. 사혼이 나직하게 한숨을 쉬었다.

우마란 젊은 고수는 그가 생각해도 자신의 제자 유괴에 필적하는 능력이 있어 보였다.

단지 부족한 점이라면 우마에겐 자신의 제자가 가지고 있는 우두머리의 기질이 부족해 보인다는 것이었다.

재주가 성품을 앞서는 자는 결국 인심을 얻지 못하고 무리를 흩어버리는 경우가 허다했다.

"너도 흑사회를 갖고 싶냐?"

사혼이 자신의 앞에 선 우마에게 물었다. 그 질문에 우마가 움찔했다. 아마도 예상치 못한 질문이었던 것 같았다.

하지만 우마는 금세 침착함을 되찾았다.

"가능하다면 그렇습니다."

"음… 흑사회주가 되면 뭘 하려고?"

"흑사회를 강호에서 가장 강한 세력으로 만들겠습니다."

"흑사회에 한계가 있다는 것을 아느냐?"

"알고 있습니다."

우마가 대답했다.

"그런데 그게 될까?"

"세상을 움직이는 것은 어둠이지요."

"그러니까 북두회나 지왕종문과 강호를 놓고 겨루는 것이 아니라 세상 사람들의 눈 밖에서 은밀히 세상을 움직이겠다는 것이군."

"그렇습니다. 그게 흑사회로선 최선이라고 생각합니다."

우마의 대답을 들은 사혼이 살짝 눈살을 찌푸렸다. 뭔가 마음에 들지 않는 모습이었다.

물론 우마의 대답은 흑사회의 고수들이 생각에 가장 적합한 대답이었다. 그러나 사혼은 달랐다. 그는 흑사회가 어둠이 아닌 대명천지에 천하를 활보하는 세력이 되는 것을 꿈꾸고 있었다.

그래서 그가 선택한 것이 유괴, 즉 적풍이었다. 적풍의 그 패도적인 기질은 절대 어둠 속에서 음흉한 짓거리나 하고 있을 성격이 아니기 때문이었다.

그리고 어쩌면 적풍이라면 그 일을 해낼지도 모른다는 기대감이 적풍을 두려워하면서도 한편으로는 그를 기다려 자신의 후계자로 삼으려는 이유였다.

"세상을 제대로 보는구나."

사혼이 무심하게 말했다.

"감사합니다."

"그런데 어떻게 부회주를 만났지?"

그러고 보니 사혼은 지금까지 우마의 과거에 대해 들은 바가 없었다. 생각해 보면 이상한 일이었다. 젊은 나이에 흑사회의 후계자로 거론되는 인물의 과거를 모르니 말이다.

"오대세가의 추격을 피해 잠시 남만으로 갔을 때 만났습니다."

마도충이 대신 대답했다.

"그래? 그럼 그 이전에는?"

사혼이 우마에게 물었다. 그에게 직접 듣고 싶은 대답이었다.

"작은 촌락에서 친족들과 함께 크고 자랐습니다."

"자네의 가문… 무가였나?"

"그건 아닙니다."

우마가 대답했다. 그러자 사혼의 눈빛이 가늘어졌다. 뭔가 숨기는 것이 있다는 것을 본능적으로 눈치챈 사혼이다.

"그런데 어떻게 무공을 수련했지? 설마 부회주를 만난 이후에 무공을 수련하기 시작한 건 아닐 텐데……?"

우마가 보여준 경공은 어려서부터 무공을 수련하지 않았다면 오르기 힘든 경지였다.

그러자 이번에도 마도충이 대답을 대신했다.

"우마는 절 만나기 이전에는 무공을 몰랐습니다. 다만… 선천적으로 뛰어난 다리를 가지고 있었지요. 당시에도 웬만한 무림고수보다 빠르고 오래 달릴 수 있었습니다. 그런데 더 놀라운 것은 무공에 대한 우마의 재질이었습니다. 무공을 가르치기 시작한 지 삼 년이 되지 않아 경공으로는 절대의 경지에 이르렀고, 다른 무공도 일류의 경지에 도달했습니다. 아마도 무림에서 말하는 하늘이 내린 무골(武骨)이 아닐까 싶습니다."

마도충의 말투에선 강한 자신감이 느껴졌다.

아마 사혼이 기다리고 있는 그의 제자가 오더라도 결코 우마와 견줄 수 없을 거란 생각을 하고 있는 듯 보였다.

"하늘이 내린 무골이라. 좋은 일이지. 그런데 말이야, 넌 왜 부회주의 제자가 되었지? 그런 무재라면 명문정파를 찾아갈 수도 있었을 텐데……?"

사혼의 물음에 사람들의 시선이 일제히 우마에게로 향했다.

다른 사람들 역시 사혼이 말한 그 점이 궁금했다. 어떻게 두 사람은 사제의 연을 맺게 된 것일까.

"당시 우마가 살던 마을은 비적의 무리에게 습격을 당해 완전히 불타 버렸습니다. 마을 사람들도 대부분 죽거나 혹은 비적들에게 잡혀갔지요. 그때 전 남궁세가의 고수 남궁유목에게 쫓기고 있었는데 다리에 큰 부상을 입고 있었습니다. 그런데 우연히 우마를 만나게 되었고 우마가 절 등에 업고 수백 리를 도주했지요. 덕분에 전 목숨을 건질 수 있었지요."

"남궁유목의 추격을 따돌렸다고? 두 다리가 건강할 것뿐인 아이가?"

"물론 도주해야 할 행로는 제가 알려주었지요. 전 추격대의 예상을 뒤집고 역으로 중원으로 돌아오는 길을 택했습니다. 덕분에 그들의 추격을 벗어날 수 있었지요."

"흐흠… 그렇게 인연이 맺어지게 된 것이군."

사혼이 고개를 끄떡였다. 빈틈이 있는 것 같으면서도 아귀가 들어맞는 이야기였다.

"이후에도 흑사회의 재건에도 우마의 도움이 컸습니다. 워낙 신중하고 빠른 아이라……."

"좋아. 이런 경우 대사를 결정하는 데는 두 가지 방법이 있다!"

사혼이 더 들을 것 없다는 듯 소리쳤다.

"……?"

사람들이 시선이 일제히 사혼에게로 향했다. 그러자 사혼이 자리에서 일어나 횃불 아래로 모습을 나타냈다.

어둠 속에 웅크리고 있을 때는 비루한 노인이었는데 횃불 아래로 나서자 사혼의 기운이 장내를 압도했다.

그때 사람들은 깨달았다. 이 전설적인 마인(魔人)은 아직 그 힘을 고스란히 가지고 있다는 것을. 마도충과 우마 역시 그런 사혼의 모습에서 두려움을 느끼는 것 같았다.

"회의 대사를 정하는 방법은 첫째, 내가 마음을 정하는 것, 둘째, 회의 중론을 모으는 것이다. 그런데 오늘의 일은 그 두 가지 방법을 모두 써야 할 것 같다!"

"회주의 명에 따르겠습니다."

일단 자신의 본색을 드러낸 사혼에게 반발할 흑사회의 고수는 없다.

"먼저 그대들에게 묻겠다. 우마를 후계자로 정하는 데 찬성

하느냐? 혹시 반대하는 자가 있다면 지금 말하라!"

사혼의 말이 광장을 타고 흘렀다.

그러나 누구도 손을 들어 우마가 후계자가 되는 일을 반대하지 않았다. 그건 곧 마도충과 우마가 흑사회를 장악하고 있다는 의미나 다름없었다.

"좋아. 모두의 의견이 그렇다면 우마를 후계자로 정하지!"

"감사합니다, 회주!"

"감사드립니다, 회주!"

마도충과 우마가 동시에 앞으로 나와 사혼에게 고개를 숙여보인다. 우마보다도 마도충이 더 기뻐하는 기색이다.

그 모습을 보며 사혼이 비릿한 웃음을 흘렸다. 그러면서도 입으로는 달콤한 말을 내뱉었다.

"사실 오늘날 우리 흑사회가 이렇게 부활하게 된 것은 두 사람의 노고 때문이라고 할 수 있지. 그러니 어찌 부회주의 의견을 무시할 수 있겠는가! 당연히 우마를 후계자로 추천할 권리가 그대에게 있다."

사혼의 말에 마도충이 당황한 표정을 지었다. 그는 사혼에 대해 누구보다 잘 알고 있었다. 사혼의 말속에 뼈가 있음을 깨달은 것이다.

"그런 말씀 마십시오. 흑사회는 누가 뭐래도 회주의 것입니다. 어찌 작은 공을 앞세워 회주께 무례를 범하리까. 전 그저 흑사회의 앞날을 위해 충언을 드렸을 뿐입니다."

"뭐, 아무래도 좋아. 어쨌거나 우마를 후계자로 결정하는 걸 모두가 원하니까 그렇게 하자고. 그런데 말이야, 앞서 말했듯이 우리 흑사회의 행보를 정하는 데는 나의 결정도 그대들의 의견만큼 중요하지."

"아닙니다. 회주의 결정은 우리 모두의 의견 그 위에 있습니다."

목적한 바를 이룬 이상 사혼의 비위를 거스를 이유가 없는 마도충이다.

"그렇게 생각한다면 다행이군. 그래서 말인데 우마를 후계자로 정하는 데에 나도 한 가지 조건이 있다."

"무엇인지요?"

마도충이 불안한 표정으로 물었다.

"말했지만 내게도 아까운 제자가 있어. 난 그 아이에게도 기회를 주고 싶네."

"무슨 말씀이신지……?"

"우마!"

사혼이 갑자기 우마를 불렀다.

"예, 회주!"

"만약 내일이라도 내 제자가 온다면 그와 후계자 자리를 두고 겨룰 의향이 있느냐?"

"회주!"

마도충이 입을 열었다. 그러나 그는 곧 입을 닫았다. 사혼이 손을 그의 말을 제지한 것이다.

"대답하거라. 그리할 수 있느냐?"

"하겠습니다."

우마가 당당하게 대답했다. 그에게서 숨길 수 없는 자신감이 느껴졌다.

"하하하! 훌륭하구나. 흑사회의 후계자가 되려면 그 정도 배포는 있어야겠지. 이제 모든 것이 결정됐다. 우마가 이제 흑사회의 후계자다. 이후 모두 그를 소회주로 칭한다. 연후 혹시라도 내 제자가 찾아온다면 그때 그 아이가 우마와 비무를 할 것이다. 그래도 회주의 제자인데 그 정도 기회는 주어야지 않겠는가?"

"지당하신 결정이십니다."

한쪽에서 사혼의 오랜 수족 타림이 나서며 말했다.

"회주의 명에 따르겠습니다."

마도충 역시 일이 이 지경이 되었으니 더 이상 반대할 수 없었다.

"좋아. 하지만 사실 쓸모없는 결정일 수도 있지. 녀석이 오지 않을 가능성이 더 많은 것 같으니까."

사혼이 우울한 표정으로 중얼거렸다.

그런데 그때 갑자기 광장의 입구 쪽에서 검은 무복을 입은 사내가 질풍처럼 광장을 가로질러 달려왔다. 그는 누각 아래에 이르러 재빨리 허리를 숙여 사혼에게 인사를 한 후 입을 열었다.

"회주! 손님이 찾아왔습니다."

"손님? 십자성에 내가 머무는 것을 아는 자가 세상에 없는데 어떻게 손님이 찾아올 수 있단 말이냐? 도대체 누구라더냐?"

"그… 것이……."

"뭘 꾸물대느냐? 어서 회주께 고하라!"

마도충이 추상같이 목소리로 소리쳤다.

"그것이… 스스로 회주님의 제자라고 했습니다."

순간 장내에 있는 모든 사람의 표정이 변했다.

마도충의 얼굴은 딱딱하게 굳었고, 우마의 얼굴에는 흥미가 떠올랐다. 반면 사혼은 처음에는 놀란 듯하다 뒤이어 한 줄기 미소가 입가에 머물렀다.

"지금 누구라고 했느냐?"

사혼이 다시 물었다.

"회주님의 제자라고……."

"이름이 뭐라더냐?"

"유괴라 했습니다."

"흐흐흐, 이 망할 놈이 정말 죽지 않고 돌아왔네? 그것도 아주 때를 맞춰서 말이야. 이놈이… 날 닮아서 때를 알아. 크크크, 그런데 정말 믿을 수 없군. 어떻게 그 늙은이 손에서 살아왔을까?"

사혼이 계속해서 실소를 흘리며 중얼거렸다.

"어, 어찌할까요?"

소식을 가져온 경비무사가 물었다.

"뭘 어떻게 해! 내 제자가 왔으면 당연히 문을 활짝 열고 맞아야지. 가만, 그렇게 아니라 내가 직접 가마!"

사혼이 말이 채 끝나기도 전에 누각을 박차고 허공을 날아올랐다. 그러자 그의 신형이 뿌연 그림자만 남기고 순식간에 장내에서 사라졌다.

"아하… 일이 참 곤란하게 되어가는구나!"

성문을 향해 날아가는 사혼을 보며 마도충이 나직하게 탄식했다. 그러자 우마가 대답했다.

"오히려 다행스런 일이지요."

"그게 무슨 소리냐? 그가 와서 일이 복잡하게 되었는데?"

"어제 오지 않은 게 얼마나 다행입니까? 어제 왔다면 제겐 그와 겨룰 기회조차 없었을지도 모릅니다."

"딴은 그렇다만……."

"또한 좋은 선물이기도 하지요. 그를 꺾는다면 앞으로는 그 누구도 제게 도전하는 자가 없을 겁니다."

"그렇긴 하다만… 어떤 자일지!"

"걱정 마세요, 사부! 전 이제 천하의 그 누구도 두렵지 않습니다."

"물론 난 널 믿는다."

마도충이 우마의 등을 가볍게 두드리며 말했다.

성문이 열렸다.

적풍이 일행을 이끌고 말을 몰아 성안으로 들어갔다. 적풍은 마치 고향에 돌아온 사람처럼 행동했다.

보통의 경우라면 말에서 내려 두 발로 걸어 들어가야 했고, 그도 아니라면 적어도 성안에 들어가서는 말에서 내려야 했다.

그러나 적풍은 말 위에서 내려올 생각을 하지 않았다. 아래에서 그를 바라보는 흑사회 고수들 사이에서 나지막이 노한 소리를 내는 사람도 있었다.

그러나 적풍은 흑사회 마인들의 반응에는 전혀 관심이 없는 듯 뚜걱뚜걱 말을 몰아 앞으로 나갔다.

외려 불안한 것은 그의 뒤를 따르는 사람들이었다. 사막에선 흑사회 못지않게 악명을 떨쳤던 낭왕 준갈도, 한때 세상을 지배했던 몽골 왕실의 비밀 고수 쿠샨도 흑사회의 본거지를 자기 집처럼 활보하는 적풍을 걱정스런 눈으로 바라보고 있었다.

"왔느냐!"

적풍이 성문을 통과해 이십여 장 정도 전진했을 때 문득 안쪽에서 위엄있는 목소리가 들려왔다.

어느새 유령마군 사혼이 적풍의 마중을 나와 있었다. 그때서야 적풍이 말에서 내렸다.

"사부! 강녕하십니까?"

적풍이 사혼에게 정중하게 고개를 숙여 보였다. 그러자 사혼이 짐짓 근엄한 표정으로 대답했다.

"난 잘 있었다. 그런데 늦었구나?"

"죄송합니다. 서둘러 오려 했는데……."

"되었다. 살아 왔으면 된 거지."

유령마군 사혼이 손을 내저어 적풍의 말을 끊고는 앞으로 걸어 나왔다. 그러고는 적풍과 반 장 안쪽으로 가까워졌을 때 나직한 목소리로 물었다.

"야, 그 늙은이 손에서 어떻게 살아 왔냐? 난 꼭 네놈이 죽을 줄 알았는데?"

이게 사혼의 본성이다. 본래 사혼은 두려운 존재기는 해도 근엄한 것과는 거리가 먼 인물이었다.

"못 올 뻔했지요."

"그래? 일이 있기는 있었구나."

"조금 복잡합니다."

"좋아. 아무튼 잘 왔다. 때를 딱 맞춰 왔구나."

"…무슨 일이 있습니까?"

"너 싸움 한판 해야겠다."

"싸움이요?"

"그래!"

사혼이 다부진 표정으로 고개를 끄떡였다.

"오자마자 무슨 싸움입니까?"

"중요한 일이다. 너와 내 운명이 걸려 있지."

사혼의 표정이 심상찮음을 본 적풍이 되물었다.

"누굽니까?"

"오늘 네 자리를 뺏은 놈!"

"……?"

"날 원망하지 마라. 내 딴엔 최선을 다한 거니까. 그놈과 비무를 하게 만들어놓는 것이 내겐 최선이었어."

"흑사회가 다른 사람 손에 넘어갔군요."

"아직은 아니지. 네가 왔으니까. 그래서 아주 적당한 때에 왔다는 거야."

사혼의 말에 적풍이 머리를 주억거리면서 주변을 살폈다. 그러자 사혼이 나온 곳에 서 있는 한 젊은이가 보였다.

마른 체구에 날카로운 눈, 그리고 눈빛에서 느껴지는 독함이 십여 장 떨어진 적풍에게까지 느껴졌다.

'저놈 봐라?'

자신을 향한 적의에 화가 난 것은 아니었다. 다만 그를 바라보는 젊은 마인에게서 느껴지는 기운이 생경하지 않기 때문이었다.

적풍은 흑사회의 후계자로 지목된 우마에게서 신혈족의 기운을 느꼈다.

"저잡니까?"

적풍이 사혼에게 물었다. 그러자 사혼이 뒤를 돌아보다 우마를 발견하고는 고개를 끄떡였다.

"맞아, 저놈이다."

"재미있는 친구군요."

"독한 놈이다. 손속에 사정이 없어. 그리고… 무척 빠른 녀석이다. 경공으로는 천하에서 적수를 찾기 힘들다고 하던데……."

"직접 보지는 못하셨습니까?"

"싸우는 건 못 봤어. 하지만 발놀림이 예사롭지는 않더군."

사혼은 적풍이 방심하는 것을 경계하는 듯 보였다.

"아무튼 오늘은 아니지요?"

"오늘 하겠다면 그렇게 만들어보마."

"이삼 일 뒤에 하죠. 그래도 격식이 필요한 일인 것 같은데……."

"알겠다. 그럼 그렇게 하지! 부회주!"

사혼이 마도충을 불렀다.

"예, 회주!"

마도충이 멀찍이서 대답했다.

"이놈이 내 제자야. 보기에 어떤가?"

"과연 회주님이 기다리실 만한 사람이란 생각이 듭니다."

"괜찮은 녀석이야. 단지… 단점이라면 제 눈에 거슬리는 것은 참지 못한다는 거지. 하지만 뭐 그거야 나이가 들면 자연히 해결될 일이고… 아무튼 비무는 삼 일 후에 할 수 있게 준비하게."

"정녕 비무를 하시겠습니까?"

마도충이 되물었다. 아마도 그는 적풍이 스스로 비무를 포기하길 바라는 듯 보였다.

"왜, 우마가 양보하겠다고 하는가?"

"그런 것은 아닙니다만……."

마도충이 고개를 저었다.

"그럼 두 번 거론할 바가 없지. 이미 약속된 일, 비무를 통해 내 후계자를 정한다! 모두 그리 알고 준비하라."

사혼이 더 이상의 반발은 허용치 않겠다는 듯 살벌한 목소리로 말했다.

"알겠습니다, 회주!"

마도충을 포함한 흑사회의 마인들이 일제히 고개를 숙여 사혼의 명에 대답했다.

"그리고 이놈과의 상견례는 비무가 끝난 후에 하기로들 하지. 본래 비무를 하기 전에는 정신을 가다듬어야 하는 법이니까 말이야. 자, 우린 그만 들어가자!"

사혼이 적풍을 성 안쪽으로 이끌었다. 그러자 적풍이 고개를 끄떡이고는 사혼을 따라 걸음을 옮겼다.

흑사회의 마인들이 좌우로 물러서며 길을 열었고, 호기심과 냉소, 혹은 적의를 담은 눈들이 적풍의 등 뒤에 머물렀다.

"어찌 보았느냐?"

사혼과 적풍이 사라지자 마도충이 우마에게 물었다.

"특별하군요."

"어떤 점에서?"

"이상하게… 적의가 생기지 않습니다."

"무슨 소리냐?"

"싸워야 할 자인데 투기가 생기지 않아요."

우마의 말에 마도충의 낯빛이 변했다. 전의가 생기지 않는 싸움은 위험하다. 더군다나 상대는 유령마군 사혼의 제자가 아닌가.

"너와 나의 미래가 걸린 일이다."

"알고 있습니다."

우마가 고개를 끄떡였다.

"넌 선천적으로 독심을 타고난 녀석인데… 왜 그에게 전의를 느끼지 못할까? 내가 보기엔 무척 도도해 보이던데. 넌 본래 그런 자에게는 살의를 느끼지 않느냐?"

"그러게 말입니다. 저도 이상합니다. 이상하게 그의 그 도도함이… 그에게 어울린다고 할까요? 이건 좋지 않군요."

우마가 살짝 얼굴을 찌푸렸다. 스스로도 자신이 마음에 들지 않는 모양이었다.

"마음 독하게 먹어라! 반드시 해내야 할 승부다."

"승부야 자신있지요. 하지만 그를 죽일지는 모르겠어요."

"살려두면 화근이 될 사람이야. 회주의 제자다. 언제든 네게 도전할 수 있어."

"그렇겠지요?"

우마가 되물었다.

"반드시! 이것 참, 네가 망설이는 것은 처음 보는구나."

"그러게 말입니다. 저도 찝찝하군요."

"들어가자. 비무 때까지 마음을 다잡아라. 회의 일에는 신경 쓰지 말고!"

"알겠습니다."

우마가 다부진 표정으로 대답했다.

유령마군 사혼이 잰걸음으로 빠르게 건물과 건물 사이를 이동했다. 그의 얼굴에 화가 난 기색이 역력했다.

사혼이 듬성듬성 무너진 두 회랑을 지나 낡은 건물 앞에 도착했을 때 안쪽에서 흥청거리는 웃음소리가 들려왔다.

"이 죽일 놈이… 정말!"

사혼의 표정이 일그러지더니 깨질 듯이 문을 열었다.

쾅!

방 안쪽에서 소리에 놀란 자들이 고개를 돌려 문 앞에 서 있는 사혼을 바라봤다.

"사부, 오셨습니까?"

적풍이 술잔을 든 채 사혼을 맞았다.

"야! 이 빌어먹을 놈아! 지금이 어느 땐데 술타령이냐?"

사혼이 욕설을 내뱉었다.

"오랜 여행에 지친 피로를 풀려는 것인데 왜 화를 내십니까? 사부도 이리 와서 앉으세요. 한잔하게!"

적풍이 어깨를 으쓱거리며 사혼에게 자리를 권했다. 그러자 사혼이 어이없는 표정을 짓다가 나는 듯이 달려와 적풍이 권한 자리에 앉았다. 그러고는 따지듯 물었다.

"너 흑사회를 가질 생각이 없는 거냐?"

"무슨 소리! 욕심이 있으니 비무까지 하는 거 아닙니까?"

"그런 놈이 술타령이야?"

"그럼 뭘 합니까?"

적풍이 뜨악한 표정으로 물었다.

"아무리 우리 흑사회가 마인들이 모인 곳이라 해도 비무는 비무고 무인은 무인이다. 비무를 앞두고는 기운을 갈무리하고 정신을 벼르는 준비를 해야지 술타령이 웬 말이냐?"

"준비라… 준비를 해야 합니까?"

"이놈! 설마 상대를 안중에 두지 않는 거냐?"

사혼이 탄식하듯 물었다.

"제법 재주는 있어 보이더군요."

"하지만 네 상대는 아니란 말이냐?"

"사부는 다른 생각이신 모양이지요?"

적풍이 사혼을 보며 물었다.

순간 사혼이 흠칫했다. 적풍의 눈에서 예전과는 비교할 수
없는 기운이 느껴졌기 때문이었다.

그래서 지금 보이는 적풍의 여유가 아주 당연한 것처럼 생각
되어지기까지 했다.

"너… 변했구나?"

사혼은 지금에서야 적풍의 진면목을 깨달은 듯 물었다.

"내가 누구 손에서 벗어났는지 아시지 않습니까?"

"하지만 그건 거래에 의해서라고 하지 않았느냐?"

"그가 보통 사람과 거래를 했겠습니까?"

적풍은 십자성에 도착한 그날 밤 그와 의천노공 사이에 있
었던 거래에 대해 대충 사혼에게 말해주었다.

물론 그가 알고 있는 월문의 비밀스런 역사들, 그리고 우서
한이 독에 중독된 것들에 대해서는 말하지 않았다. 월문에 대
해 함구하는 것 역시 우서한과의 거래에 포함된 일이기 때문이
었다.

"너… 혹시 그와 겨뤄보았느냐?"

"그랬죠."

"어떻더냐?"

"처음에 만났을 때는 처참하게 꺾였고, 그를 떠날 때는… 흐흠… 글쎄요."

적풍이 말꼬리를 흐렸다.

사실 사자검의 힘을 얻고 난 이후에는 우서한과 제대로 겨룬 것이 아니다. 만약 사자검을 들고 생사결을 펼쳤다면 어땠을까 하는 생각을 적풍 스스로도 가끔 하곤 했었다.

"죽지는 않겠더냐?"

"이젠 그렇지요."

적풍이 술을 한 모금 들이켜며 말했다.

"그래? 그렇단 말이지? 흐흐, 그럼 뭐… 걱정할 것 없네."

사혼이 신이 난 듯 적풍의 술병을 낚아채 벌컥벌컥 술을 마셨다.

"안심이 됩니까?"

"의천노공과 겨뤄 죽지 않을 실력이면 우마 녀석 정도야. 그 애송이가 아무리 괴상한 무공을 가지고 있다고 해도 경지의 차이가 있는 법이지."

"어떤 무공을 씁니까?"

적풍이 물었다.

"아이고, 이제야 관심이 가냐?"

"내일이 비문데 알아둬야지요."

"일단 빠르다."

"그건 누우이 말씀하신 거고……."

"검도 빠르다."

"쾌검을 수련했단 말이군요."

적풍이 고개를 끄떡였다. 발이 빠른 자라면 당연히 쾌검이 어울린다.

"본래 마도충은 천살검이라는 살검에 능했다. 과거 흑사회의 전성시기에 마도충은 그 살검으로 강호의 고수 여럿을 죽였지. 흑사회 최고의 살수였다."

사혼이 신중한 표정으로 말했다. 무공 이야기가 나오자 적풍 역시 진지해졌다. 사혼이 다시 말을 이었다.

"들리는 소문에 의하면 우마의 천살검이 이미 마도충의 경지를 넘어섰다고 하더구나. 청출어람이라고들 칭찬이 자자해. 난 아직 보지 못했는데 참 기이한 일이라고 생각하고는 있다."

"그가 무공을 수련한 지 얼마 되지 않았다고요?"

"너랑 비슷한 것 같더라. 한 삼사 년 되었을까? 그 안에 천살검을 완성한다는 것은 거의 불가능한 일인데……"

"한 가지 경우에는 가능하지요."

"짚히는 것이라도 있느냐?"

"나중에… 말씀드리지요."

적풍이 대답을 하고는 다시 술잔에 손을 댔다.

"흐흐흐, 이놈 이제 보니 속으로는 계산을 다 하고 있었구나. 영악하게……"

"비무는 비무고! 이 십자성 좋더군요."

"그렇지? 숨어 살기에는 아주 적당한 곳이야. 무림고수들이라 해도 이곳을 침범하기는 쉽지 않지. 협곡이 워낙 거미줄처럼 이어져 있어서……."

"바다로 이어지나요?"

"일부는."

"그럼 육로보다 바닷길을 이용하는 것이 강호로 나가는 데 더 빠른 길이겠군요."

"그렇지? 바닷길로 나가면 장강 하구까지 이삼 일이면 닿을 수 있다. 물론 순풍을 만나야 하지만. 이후에야 강을 따라 중원 내륙으로 이동하면 되는 것이고……."

"나쁘지 않군요. 강호에서 떨어진 궁벽한 곳이라 걱정을 했는데 외려 이동은 빠르고 방어는 수월하니 천하를 다스릴 만하군요."

"흐흐, 이놈아. 천하를 다스릴 생각보다는 흑사회를 장악할 생각을 먼저 해. 일이란 건 언제나 순서가 있는 법이야."

"그건 생각보다 수월하게 되었지요. 우마란 자를 제압하면 끝나는 일이니까 말입니다. 사실 이 비무야말로 내겐 큰 행운과 같은 거지요."

"하하, 역시 내 제자답다. 하하하!"

적풍의 말에 사혼이 광소를 터뜨렸다.

제10장
흑사회

낡은 고성은 얼핏 보면 석산과 비슷했다. 손을 보면 화려한 모습을 되찾을 수도 있지만 흑사회는 안으로 보이지 않는 곳은 세심하게 손을 보면서도 성의 겉은 낡은 모습 그대로 놓아두고 있었다.

이유는 간단했다. 흑사회 같은 세력이 사람들의 이목을 끌어 좋을 것이 단 하나도 없기 때문이었다.

그 낡은 성에 사람들이 하나둘 모습을 드러내기 시작했다.

그들은 각자 편한 곳에서 앉거나 혹은 팔짱을 끼고 서서 성 중앙의 너른 광장을 바라보고 있었다.

광장에는 언제부터인가 한 명의 젊은 무사가 서 있었다. 흑의를 차려입은 마른 체격의 사내, 소매 밖으로 드러난 팔은 가늘지만 쇠처럼 단단해 보였다.

흑사회의 사람 중 그를 모르는 사람은 없었다.

오대세가의 공격으로 절문될 뻔했던 흑사회가 다시 재건된 것은 이 젊은 사내의 공이 무척 컸다.

독한 심성에 세상에서 가장 빠른 발을 가졌다는 사내, 어둠을 탈 줄 알고, 계책을 꾸밀 줄 알며, 손속에는 사정이 없는 자가 바로 이 사내다.

그래서 흑사회의 마인들은 그야말로 유령마군 사혼 이후 흑사회에 가장 어울리는 인물이 탄생했다고 말하고 있었다. 그래서 그가 흑사회의 소회주로 지목되었을 때 모든 사람은 그 일을 당연하게 받아들였다.

소회주 우마, 현 흑사회에서 적어도 다섯 손가락 안에 드는 권력자가 바로 그다.

그런 그가 예기치 않게 자신의 자격을 증명하기 위해 아침부터 광장에 나와 있었다.

우마의 표정은 밝지 않았다. 그렇다고 이 비무에 자신이 없는 것 같지는 않았다. 그는 단지 자신이 후계자로 지목된 지 단 삼 일 만에 다시 자격을 증명받아야 한다는 사실이 탐탁지 않은 듯 보였다.

더군다나 자신을 시험하겠다는 자는 기다린 지 이각이 지났는데도 모습을 보이지 않고 있었다.

"회주께서는 아직이시냐?"

기다림에 지친 것은 우마만이 아니었다. 흑사회의 이 인자이

자 실질적인 권력가인 마도충이 뒤를 돌아보며 물었다.

"그렇습니다."

"도대체 뭘 하시기에 아직도 나오질 않는단 말이냐? 모두가 기다리고 있는데……"

"그것이… 알아보니 어젯밤 늦게까지 술을 드셨답니다."

"술을? 회주께서?"

"그렇습니다."

마도충의 수하가 얼른 대답했다.

"이상한 일이구나. 회주께서는 본래 술을 즐기시지 않는데. 그것도 밤늦게까지……"

"그… 제자분과 함께 드셨답니다."

"뭐?"

마도충이 황당한 표정을 지으며 되물었다.

"어제 제자분과 그 일행이 술자리를 했는데 뒤늦게 합석을 하셨다고 합니다."

"오늘 비무인 자가 술을 마셔?"

"그렇습니다."

"이제 보니 아직 덜 여문 자가 아닌가? 강호의 무인이라면 비무에 앞서 심신을 갈무리하는 것이 기본이거늘 비무를 앞두고… 성정이 겨우 그 정도였나?"

마도충의 얼굴에 실망한 기색이 역력했다.

사혼이 그렇게 기다리던 자여서 경계를 하면서도 한편으로는 큰 기대도 하고 있었던 마도충이었다.

"결국 자신 있다는 뜻 아니겠습니까?"

곁에서 호탄이 말했다.

"후후후, 그자가 본 회를 너무 우습게 보는군. 그저 변방의 마도 무리로 생각하는 건가?"

"그럴 리가 있겠습니까? 회주의 제자인데……."

"아무튼 오늘 그자는 큰 곤욕을 치를 것이다. 자신이 상대해야 할 사람이 어떤 사람인 줄 까맣게 모를 테니까."

마도충이 뿌듯한 표정으로 우마를 보며 말했다.

그때 갑자기 북쪽 길이 소란스러워지더니 유령마군 사혼과 적풍이 모습을 드러냈다.

"회주께서 나오십니다!"

누군가의 목소리가 장내에 울려 퍼지자 광장의 중심까지 길게 길이 열렸다. 그 사이로 유령마군 사혼이 몸을 조금 앞으로 수그린 채 걸어왔다.

얼핏 보면 이젠 노쇠해서 은거해야 할 노인으로 보이지만 흑사회의 마인들은 그가 여전히 한순간에 절대의 마인으로 변할 수 있다는 것을 잘 알고 있었다.

그래서 그가 나타나는 순간 본능적으로 한 걸음씩 뒤로 물러나 고개를 숙여 그에 대한 복종을 표시하는 것이 누구에게도 어색하지 않았다.

그런 사혼의 뒤를 따라 적풍이 걷고 있었다. 적풍에게서 긴장이라고는 찾아볼 수 없었다.

그는 마치 자신의 집에 온 주인처럼 서슴없이 행동하고 있었다. 장검을 등에 멘 적풍 앞에서 오히려 늙은 사혼이 마치 오래된 노복처럼 보일 정도였다.

"회주, 나오셨습니까?"

사혼이 광장에 이르자 마도충이 앞으로 나서며 인사를 했다.

"내가 조금 늦었나?"

뻔히 마도충의 속내를 알고 있으면서 사혼이 물었다.

"어제 과음을 하셨다고요?"

"하하하, 그랬지. 오랜만에 만난 제자와 술잔을 기울이는 것은 제법 즐거운 일이지. 그래서 늦었으니 모두들 이해하라고!"

"몇 년을 늦어도 모두가 회주님을 반길 것입니다. 하물며 몇 각 정도야……."

마도충이 미묘한 웃음을 지으며 말했다. 아마도 비무가 끝나고 나면 사혼의 얼굴에서 지금의 여유는 사라질 거라 생각하는 모양이었다.

"그래, 준비는?"

사혼이 손을 비비며 말했다. 그 역시 비무가 무척 기다려진다는 표정이었다.

"모두 준비되어 있습니다."

"그래? 수고했군. 우마!"

사혼이 갑자기 우마를 불렀다.

"예, 회주!"

우마가 검을 두 손으로 모아 들며 대답했다.

"이놈이 어제 술을 좀 과하게 했어. 그러니 살살 하라고!"

사혼이 적풍을 가리키며 말했다.

"불상사는 없을 것입니다. 비무니까요!"

우마 역시 승리를 자신하는 모습이다.

"그래그래. 넓게 보면 사형제나 다름없는 사이니까 너무 독하게들 하지 말라고! 그럼 시작하지!"

사혼의 말에 적풍이 고개를 까딱여 보이고는 천천히 우마를 향해 걸어가기 시작했다.

모든 사람의 시선이 적풍에게로 향했다.

우마 역시 마찬가지였다. 자신이 상대할 자, 정확히는 흑사회를 자신의 것으로 만드는 데 안성맞춤인 제물을 우마는 기쁜 마음으로 지켜보고 있었다.

그런데 그런 우마의 표정이 한순간 변했다.

적풍이 사혼의 곁을 벗어날 때까지만 해도 우마의 얼굴에는 비릿한 미소가 있었다. 그런데 적풍이 그의 오 장 안쪽에 들어왔을 때 우마의 얼굴에선 미소가 사라졌다.

비무를 하기 위해 다가오는 적풍의 기도가 그가 짐작하고 있던 것과는 너무 다르기 때문이었다. 가까이 다가선 적풍은 마치 단단하고 거대한 바위와 같은 느낌을 만들어냈다.

그리고 다시 적풍이 삼 장 앞으로 다가왔을 때 우마의 얼굴이 딱딱하게 굳었다.

이젠 적풍이 마치 거대한 산처럼 느껴졌다. 적풍의 등 뒤에 은은하게 서리는 검은빛의 파장들은 오직 우마만이 느끼는 것이었다.

그 진기의 파장이 곧이라도 자신을 덮칠 것 같은 느낌에 우마가 자신도 모르게 두어 걸음 뒤로 물러났다.

그런 우마의 변화를 아는지 모르는지 적풍은 다시 몇 걸음 걸어 우마 앞에 섰다.

그리고 그 순간 우마의 얼굴이 부들부들 경련했다. 오직 우마만이 볼 수 있는 것이 있었다.

바닷속처럼 깊은 눈 안쪽에서 흘러나오는 검은 안광, 모든 것을 빨아들일 듯한 심연의 그 검은 안광을 마주하는 순간 우마는 자신이 상대하려는 자의 정체를 본능적으로 깨달았다.

"당… 신?"

우마가 자신도 모르게 입을 열었다. 그 순간 적풍이 등 뒤에서 검을 뽑았다.

스릉!

미끄러지듯 검집을 벗어난 사자검이 우마와 적풍 사이에 멈추는 순간 우마의 표정이 경악을 넘어 두려움에 휩싸였다.

본래 적풍은 사자검 대신 청룡검을 쓰지만 오늘은 사자검을 뽑았다.

아직은 진기를 주입하지 않은 사자검이다. 그래서 멀리서 지켜보는 자들에게 사자검은 그저 오래된 투박한 고검으로 보일 뿐이었다.

그러나 그 검 앞에 선 우마는 본능적으로 느끼고 있었다. 거부할 수 없는 운명의 사슬, 복종하지 않으면 온몸이 파괴될 것 같은 절대적인 기운이 투박한 검으로부터 흘러나오는 것을.

그리고 그 검의 주인이 말했다.

"여전히 싸울 생각인가?"

적풍의 물음에 우마가 퍼뜩 정신을 차렸다.

"당신… 누구요?"

우마가 물었다.

"짐작했을 텐데?"

"내가 어찌 당신의 정체를 짐작한단 말이오?"

"같은 피니까."

적풍이 심드렁하게 대답했다. 여전히 긴장을 찾아볼 수 없는 얼굴이다. 그런데 적풍의 대답에 우마가 그와 대면한 이후 처음으로 살기를 드러냈다.

"나에 대해 알고 있었군. 사냥꾼인가?"

"흥분하지 말라고. 내가 사냥꾼처럼 보여?"

적풍의 말이 짧아졌다. 그러자 우마가 짧고 날렵한 검을 뽑았다.

"변절한 자들이 있지."

"그래? 이상한 일이군. 난 그런 자들을 만나지 못했는데?"

적풍이 고개를 갸웃했다.

"당신에 대해선 비무가 끝난 후에 자세히 듣지."

"해보겠다고?"

적풍의 말이 점점 더 무례해졌다.

"흑사회를 둔 비무는 멈출 수 없어. 흑사회는… 나에게 중요한 곳이니까."

"그렇다면 어쩔 수 없군. 나 역시 흑사회가 꼭 필요하니까. 그런데… 감당할 수 있겠어?"

적풍이 사자검으로 우마를 겨누며 물었다. 순간 우마는 사자검에서 흘러나온 기운이 자신의 심장을 관통하는 듯한 느낌을 받았다.

우마의 몸이 검이 찔린 것처럼 흔들리며 두어 걸음 뒤로 물러났다. 그러고는 혼란스런 표정으로 물었다.

"당신은… 도대체 누구지?"

"말했잖아? 그대와 같은 피를 가졌고, 유령마군 사혼의 제자고… 그 이상 뭐가 있겠어?"

"어떻게… 신혈의 힘을 깨우쳤지? 그건 혼자서는 불가능한 일인데……."

"생각보다 많이 알고 있군. 뭐… 운이 좋았다고 해두지. 그런데 싸울 거면 일단 싸우자고. 모두 지루해하는 것 같으니까."

적풍이 주변을 돌아보며 말했다.

과연 광장 곳곳에 자리를 잡고 있는 흑사회 마인들이 자신들은 들을 수 없는 두 사람의 대화에 지루함을 느끼기 시작하고 있었다.

"좋아. 그렇게 하지!"

우마가 망설이지 않고 대답했다.

"그런데 말이야… 아무래도 이놈으로 당신을 상대하는 것은 불공평한 것 같아. 생각보다 뛰어난 놈이거든. 그래서 다른 놈으로 상대해 주지."

적풍이 들고 있던 사자검을 다시 등 뒤로 돌려 검집에 꽂았다. 그러고는 허리춤에 차고 있던 청룡검을 뽑아 들었다.

사자검이 사라지자 우마의 표정이 한결 편해졌다. 우마가 적풍이 거둔 사자검에 대한 관심을 보였다.

"정말 특별한 검이었군."

"놈으로 당신을 상대하면 이 싸움은……."

"놈으로 상대해. 경험해 보고 싶군."

우마가 호기롭게 말했다. 그러자 적풍이 고개를 저으며 말했다.

"굳이 그를 필요가 없을 것 같은데?"

"반드시 뽑게 만들어주지."

"하하! 그러길 바라지!"

적풍이 호탕한 웃음을 터뜨렸다. 장내의 흑사회 마인들이 갑작스런 적풍의 웃음에 어리둥절한 표정을 지을 때 우마의 공격이 시작됐다.

적풍은 빛 한 줄기가 자신을 꿰뚫는다고 생각했다. 그의 몸이 본능적으로 회전했다.

팟!

날카로운 파공음과 함께 적풍의 왼쪽 허벅지 옷자락이 베어져 나갔다. 적풍이 반격을 가하려고 했을 때 빛은 이미 그로부서 십여 장 밖으로 벗어나 있었다.

"조심하시오."

십여 장 밖에서 우마가 씨익 미소를 지었다. 적풍을 처음 대면했을 때의 긴장감과 두려움은 어느새 깨끗하게 사라져 버렸다.

"좋은 재주군!"

적풍이 베어진 자신의 허벅지 옷자락을 보며 고개를 끄떡였다.

"다음은 당신의 심장이 될 거야."

"기대하지."

적풍은 내심 기쁘기도 했다. 이렇게 강한 신혈족을 만나는 것은 처음이다. 낭왕 준갈도 강하기는 하지만 적풍과 비교하면 모자란 점이 많았다.

그런데 우마는 달랐다. 적풍의 옷자락을 벨 정도면 능히 강호의 절대고수들과 견줄 수 있는 능력이 있다고 할 수 있었다.

'좋은 수하를 얻으려면 수고를 좀 해야지!'

적풍이 기꺼운 마음으로 우마를 상대하기 위해 검을 들었다. 그의 몸에서 잠재해 있던 진기들이 용암처럼 끓어 오르기 시작했다.

그 힘들이 사혼이 전수한 천지밀법을 통해 정제되면서 그의 검에 실렸다.

순간 적풍의 검에서 일 장 길이의 검기가 만들어졌다.

"검기!"

"오!"

광장 곳곳에서 탄성이 흘러나왔다.

흑사회의 마인 중 태어나서 검기를 처음 보는 자들도 있었다. 이들은 심기가 독하고 행보가 은밀해 강호에서 마명을 떨치기는 하지만 그중 절정의 무공을 체득한 자는 사실 그리 많지 않았다.

"검기쯤은 기대했지."

우마가 고개를 끄떡였다.

"오라!"

적풍이 검을 까딱였다. 그러자 우마가 한순간에 장내에서 사라졌다.

적풍의 눈이 가늘어졌다. 그의 신형이 재빨리 왼쪽으로 움직였다. 발만 움직여 몸을 트는 것이어서 어느새 옆구리를 파고드는 우마를 눈 아래 둘 수 있었다.

적풍이 망설이지 않고 우마의 머리를 내려쳤다.

콰릉!

천둥 같은 파공음이 터져 나오고 적풍을 향해 빛처럼 파고들던 우마가 적풍의 검기에 막혀 다가오는 속도만큼 빠르게 뒤로 물러났다.

우웅!

뒤로 물러나는 우마를 향해 적풍이 재차 검을 휘둘렀다. 우마만큼 빠른 것은 아니지만 적풍 역시 느리지 않았다.

쾅!

겨우 반 자 차이로 적풍의 검이 우마를 벗어나 땅을 쳤다. 성 광장을 메우고 있던 돌들이 쪼개지며 사방으로 파편이 날아갔다.

우마는 좀 더 멀리 적풍에게서 멀어졌다. 근접해서는 도저히 적풍의 힘을 감당할 자신이 없었다.

스스스!

우마가 움직일 때마다 낙엽 쓸리는 소리가 났다. 속도는 바람보다 빨라 빛에 근접한다.

우마가 그렇게 적풍을 가운데 두고 원을 그리며 돌기 시작했다. 적풍은 검을 허리 중심에 둔 채 우마의 움직임을 지켜보고 있었다.

우마는 상대의 허점을 노리고 적풍은 완벽하게 자신의 중심을 지켰다. 우마는 함부로 적풍을 향해 뛰어들지 않았다. 한순간 실수하면 자신의 몸이 적풍의 무지막지한 검기에 산산조각이 날 것을 알기 때문이었다.

웅웅웅!

우마가 속도를 최고조로 끌어 올리자 급기야 그의 움직임에서 벌 떼 나는 소리가 일어났다.

그리고 그 소리가 사람들의 모골을 송연하게 만들었다. 사람이 일으키는 소리치고는 기괴하기도 했고, 그 소리에 살기가 묻어나기 때문이기도 했다.

'오지 않으면 잡기 힘들겠어.'

적풍조차도 우마의 빠름을 따라잡을 수 없음을 인정했다. 그렇다면 방법은 하나다.

'함정을 판다.'

결심을 하는 순간 적풍이 몸을 날렸다.

콰릉!

적풍의 몸과 검이 거의 동시에 우마가 만들어내는 원형의 빛 무리를 잘랐다!

"저런 멍청한!"

사혼의 입에서 자신도 모르게 욕설이 흘러나왔다.

적풍이 우마의 계책에 빠졌다고 생각한 것이다. 팽팽한 균형이 유지되는 싸움에선 먼저 움직인 쪽이 불리할 수밖에 없으니 당연한 일이었다.

반면 사혼 옆에 서 있던 마도충의 얼굴에는 한 줄기 미소가 지어졌다. 비무의 승패가 그것으로 결정됐다고 생각한 것이다.

쾅!

벼락 치는 소리가 터져 나오면서 다시 광장에 깔아놓은 청석 하나가 박살 났다.

물론 모두가 예상한 대로 우마는 적풍의 검에 당하지 않았다. 그 대신 눈 깜짝할 사이 어느새 우마의 신형이 적풍의 등 뒤에 나타나 번개처럼 검을 찔러 넣고 있었다.

그야말로 보고도 믿을 수 없는 속도다. 적풍의 등은 우마에게 훤하게 개방되어 있어서 우마의 빛처럼 빠른 검을 도저히 피해낼 것 같지 않았다.

그런데 그 순간 기이한 일이 일어났다.

"핫!"

갑자기 적풍의 입에서 십자성을 뒤흔드는 기합 소리가 터져나왔다.

쩌저적!

믿을 수 없게도 정말 땅이 갈라지며 청석 조각들이 허공으로 솟구쳤다.

"헉!"

적풍의 등을 찌르려던 우마의 입에서 당황한 목소리가 터져나왔다. 그와 적풍 사이에서 솟구친 돌덩어리들이 순식간에 그의 시야를 가로막았다.

따당!

우마가 적풍 대신 시야를 막는 돌덩이들을 검으로 쳐냈다. 그런데 그 순간 다시 한 번 적풍의 기합 소리가 들렸다.

"핫!"

적풍의 검이 태산처럼 무겁게 사선으로 그어졌다. 그러자 허공으로 떠올랐던 돌덩이들이 폭풍처럼 우마를 향해 밀려갔다.

우마가 우박처럼 쏟아지는 돌덩이들을 피해 몸을 날리며 어지럽게 검을 휘둘렀다.

카카캉!

우마의 검과 돌덩어리들이 충돌하며 요란한 소리가 터져 나왔다. 그사이 적풍이 우마와 돌덩이들이 뒤섞인 곳으로 거침없이 뛰어들었다.

콰앙!

적풍의 검이 돌덩이와 우마를 한 번에 반으로 갈랐다.

촤아악!

파도가 갈리듯 돌덩이들이 좌우로 갈라졌다. 그리고 그 안쪽에서 우마가 두려운 눈으로 자신의 이마에 떨어지는 적풍의 검을 바라보며 본능적으로 검을 들어 올렸다.

쩡!

적풍과 우마의 검이 허공에서 강렬하게 충돌했다. 그리고 두 사람이 굳은돌처럼 검을 맞댄 채 정지했다.

"승복하나?"

찰나의 침묵 끝에 적풍이 물었다.

순간 우마의 얼굴이 벌겋게 달아올랐다. 적풍의 말에서 자신이 패했다는 것을 깨달은 것이다. 적풍이 일 푼의 힘만 더 가해도 자신의 검과 자신의 머리가 반으로 쪼개질 거란 걸 검을 맞댄 우마도 알고 있었다.

"젠장할!"

우마의 입에서 패배를 시인하는 말 대신 욕설이 흘러나왔다.

"졌지?"

적풍이 놀리듯 다시 물었다.

"졌다!"

패배를 인정한 우마가 검을 거두더니 청석 바닥을 후려쳤다.

쩡!

우마의 검이 그의 화풀이에 두 동강이 났다. 힘에서 패했지만 우마의 공력도 결코 가볍지 않음을 보여주는 광경이었다.

"그럼 이제 흑사회는 내 것이군."

적풍이 나직하게 말했다. 그러자 우마가 살기 어린 표정으로 적풍을 노려봤다.

산산이 부서졌던 흑사회다.

흑사회에 몸을 담았던 자들은 천하의 오지로 몸을 숨겼다. 오대세가의 추격은 거셌고, 흑사회는 뿌리째 뽑힐 위기였다.

그 위기를 극복하고 흑사회를 다시 오늘날의 성세로 이끈 사람이 누군가. 마도충이 중심에 섰고, 우마 자신이 개처럼 움직였다. 그러니 오늘날의 흑사회는 마도충과 우마의 것이다.

그런데 단지 회주의 제자라는 이유 하나로 그와 마도충이 이룩한 모든 것을 빼앗으려는 자가 눈앞에 있었다.

살기가 다시 검을 잡은 그의 손에 힘을 주게 만들었다. 부러진 검이 부르르 떨렸다.

"회의 형제들이 당신을 인정할 것 같나?"

우마가 물었다.

"아마 그럴 거야."

"당신은 흑사회를 위해 한 일이 없다."

"그게 바로 너와 나의 차이다."

"……?"

"넌 흑사회를 위해 공을 세우고 그것으로 회주나 흑사회 마인들의 마음을 얻으려 하지만 난 그렇지 않아."

"그럼 넌 어떻게 그들의 마음을 얻겠다는 거지?"

"내가 그들의 마음을 얻는 게 아니라 그들이 내 마음을 얻어야 할 거다. 아니면… 모두 죽을 테니까."

그 순간 적풍이 들고 있던 청룡검을 거두고 다시 등 뒤의 사자검을 뽑았다.

웅!

검집을 벗어난 사자검이 검음을 일으키는 찰나, 검은 이미 우마의 전신을 반으로 가르며 광장의 청석 바닥에 꽂혔다.

쾅!

십자성이 뒤흔들렸다.

그건 앞서 우마를 상대할 때 만들어낸 충격과는 차원이 다른 충격이었다.

먼 곳에서 성의 경계를 서던 자들조차도 소리가 난 곳을 향해 고개를 돌릴 정도였다.

광장에 모여 두 사람의 비무를 지켜보던 자들 역시 경악했다.

그들은 적풍이 만들어낸 강력한 충격에 놀랐다기보다는 그가 패배를 인정한 우마를 반으로 갈라 버린 것에 충격을 받은 모습들이었다.

그러나 한숨 돌리자 흑사회의 마인들 사이에서 안도의 한숨이 흘러나왔다. 반으로 갈라진 것 같던 우마가 온전한 모습으로 적풍을 마주 보고 서 있었던 것이다.

그런데 장내의 사람들과 달리 우마는 다른 이유로 충격을 받고 있었다.

"전력을 다하지 않았던 건가?"

우마가 두려운 눈빛으로 물었다.

"아주 많이."

적풍이 대답했다.

"원하는 게 뭐냐?"

우마가 다시 물었다.

"너!"

적풍의 대답에 우마가 의외라는 표정을 지었다.

"흑사회가 아니고?"

"널 얻어야 온전한 흑사회를 얻는다는 걸 안다."

우마는 적풍의 대답을 들으며 이 젊고 무지막지한 회주의 제자가 생각보다 무척 현명하다는 사실을 깨달았다.

지금의 흑사회는 우마와 마도충의 사람으로 가득했다. 그러니 우마를 복종시켜야 흑사회는 온전히 적풍의 것이 될 것이다.

"내가… 당신을 따를 것 같은가?"

"그래야지."

적풍이 당연하다는 듯이 말했다.

"왜 그래야 하지?"

"두 가지 이유가 있다."

"흐흐, 두 가지씩이나?"

우마가 실소를 흘렸다. 그러거나 말거나 적풍이 말을 이었다.

"하나는 네가 살기 위해서!"

스릉!

적풍이 바닥에 깔린 청석으로 뚫고 들어간 사자검을 빼 들었다. 그러자 우마가 다시 두려운 빛을 보였다.

사자검을 드는 순간 적풍은 그 이전과는 완전히 다른 사람으로 변하는 것처럼 보였다. 우마의 눈에는 거대한 산처럼 보이는 적풍이었다.

"죽겠다면?"

우마가 두려움을 이기며 되물었다.

"그럼 끝이지. 죽은 자를 두고 다른 이유가 무슨 소용인가?"

적풍이 무심하게 말했다.

그 무심함이 우마를 더욱 불안케 했다. 이자가 자신의 목을 베는 것쯤은 아무렇지도 않게 할 것 같기 때문이었다.

"두 번째 이유가 내 마음을 바꿀 수도 있을 텐데?"

이상하게도 우마는 적풍이 말한 두 가지 이유를 꼭 듣고 싶었다. 그조차 알 수 없는 그 마음이 내심 그를 당혹하게 만들기도 했다.

"두 번째 이유는 아주 매력적일 거야."

"……?"

"널 자유롭게 해주지."

"무슨 소리냐? 지금도 난 자유야."

"후후후, 이거 왜 이래? 이골마족은 여전히 사냥당하는 존재다!"

순간 우마의 눈에서 한 줄기 광망이 스치고 지나갔다.

"설마… 사냥감에서 벗어나게 해주겠다는 말이냐?"

"그럴 생각이야."

"그게 가능한 일이라고 생각하나?"

"나라고 결과를 알 수 있나. 다만 난 그 길을 갈 생각이야. 말하자면… 검은 사자들의 시간이 다시 돌아오는 거지. 어때……? 흥미가 생기지 않아?"

"무모한 일이다. 전마가 다시 살아나도 그건 불가능한 일이야."

"그래서 여기서 죽을 거야 말 거야? 그거만 결정해! 원하는 대로 해주마!"

적풍이 사자검을 들어 올렸다.

사자검이 우마의 머리 위에 드리워졌다. 그 순간 우마는 알 수 없는 기운에 휩싸였다. 그건 마치 그를 내리누르는 힘 같으면서도 모든 불안으로부터 그를 지켜주는 든든한 보호막 같기도 했다.

우마가 그 기운에 취했는지 자신도 모르게 입을 열었다.

"젠장! 좋아, 해봅시다!"

왜 그 순간 그런 대답을 했는지 우마 자신도 오랜 훗날까지 그 이유를 알지 못했다.

반면 적풍은 그 순간 전마비록을 읽으며 가졌던 의구심이 확신으로 변했다. 그건 바로 우마를 복종시킨 것이 적풍 자신의 힘만이 아닌 사자검의 기운 덕분이란 것이다.

"나이가 몇이야?"

적풍이 물었다.

"스물다섯이오."

"음… 그럼 나보다 한 살 적군. 앞으로 형님이라고 불러!"

적풍이 슬쩍 두 살을 보태 나이를 말했다.

"싫소."

"왜?"

"나이만 많다고 형님이오?"

"그게 좋아. 우리가 친해 보여야 흑사회가 분열하지 않는다고. 알잖아?"

"젠장……."

우마가 투덜거렸다.

"그리고 말이야… 지내다 보면 나 같은 형님을 두는 것도 괜찮다는 걸 알게 될 거야."

적풍이 십자성에 모인 흑사회 마인들을 복종시키는 데에는 그리 오랜 시간이 필요치 않았다.

그의 의도대로 우마가 복종하자 흑사회의 분위기는 단숨에 바뀌었다. 더군다나 흑사회주 사혼은 물론 우마 역시 적

풍에 대해 한 사람처럼 내뱉는 말이 흑사회 마인들을 흥분시
켰다.

―그는 흑사회를 강호의 절대세력으로 키울 수 있는 능력
이 있다. 그것이 내가 그를 제자로 들인 이유다!

흑사회주 사혼이 회의 수뇌들을 만날 때마다 한 말이다. 한
번 들을 때는 흘려들어도 두 번 세 번 같은 말을 듣게 되자 흑
사회의 수뇌들도 적풍을 회주의 제자 이상의 존재로 보기 시작
했다.
흑사회의 수뇌들의 마음을 움직인 것이 흑사회주 사혼이라
면 흑사회의 마인들을 움직인 것은 우마의 평이었다.

―난 확신한다. 그는 흑사회를 북두회나 지왕종문과 견줄
수 있는 세력으로 만들 것이다. 그것이 내가 그에게 복종한
이유다!

다른 사람이 한 말이라면 코웃음 쳤을 말이다. 그러나 이 말
을 한 사람이 우마라면 달라진다.
우마가 누군가. 마도충의 제자로 흑사회에 입문해 멸문한 흑
사회를 다시 일으켜 세운 사람이 아닌가. 애초에 흑사회를 재
건하는 것 자체를 불가능하게 생각했던 흑사회의 생존자들에
게 스스로 그 불가능을 실현해 보인 사람이므로 그가 하는 말

에는 무게가 있었다.

우마의 진면목을 아는 사람이라면 적풍을 눈여겨 볼 수밖에 없는 말이었고, 일단 적풍에게 관심을 둔 자들은 우마의 말이 틀리지 않다는 것을 머리보다 가슴으로 먼저 받아들였다.

더군다나 우마는 자신의 말을 증명이라도 하듯 적풍을 의형으로 떠받들고 있었다.

그렇게 흑사회의 정식 후계자가 된 적풍의 행보는 거침이 없었다. 그는 마치 자신이 오래전부터 흑사회의 일원이었던 것처럼, 아니, 흑사회의 주인이었던 것처럼 행동했다. 말에는 거침이 없었고, 행보에는 망설임이 없었다.

처음 그의 그런 행동들은 흑사회의 주요 고수들에게 반감을 일으키기도 했다.

그러나 흑사회주 사혼과 우마에 평에 의해 전혀 다른 시선으로 적풍을 보게 되자 오히려 오만하리만치 도도한 적풍의 언행들이 믿음을 심어주는 이유가 되고 있었다.

그래서 적풍이 우마의 복종을 이끌어낸 비무 이후 보름이 지났을 때 흑사회의 마인들 사이에선 적풍이 마치 일세를 풍미할 절대마인이 될 인물로 여겨지기 시작했다.

은연중에 그런 인물과 한 시절을 함께한다는 것에 대한 자부심도 흑사회 마인들 사이에 퍼져 나가고 있었다.

"살아 있는 자들이 있다고?"
노을 지는 성벽 위에 세 사람이 모였다.

적풍과 우마, 그리고 낭왕 준갈이었다. 세 사람에겐 다른 사람들과는 전혀 다른 이유로 끊어질 수 없는 유대감이 형성되어 있었다.

신혈족이라는 유대감은 그들에겐 마치 피를 나눈 형제와 같은 것이었다. 더군다나 그 피가 그들의 생존에 위협이 될 때는 더더욱 그 결속력이 강해지게 마련이었다.

"그렇소, 형님!"

우마는 어느새 적풍의 심복이 되어 있었다. 처음에는 형식적인 의형제로 시작했지만 시간이 지나면서 우마는 자신도 모르게 진심으로 자신의 마음을 적풍에게 주기 시작했다.

"어디에?"

"그걸 모르겠습니다."

"음… 왜 살려둔 거지?"

"그자에게 다른 꿍꿍이가 있는 것 아니겠습니까?"

"신혈족을 이용하겠다는 건가?"

"아마도 그런 듯합니다."

"고약한 자군."

적풍이 눈살을 찌푸렸다. 알고는 있었지만 우서한의 사형 묵안노 마한은 생각보다 더 음흉한 인물인 듯싶었다.

그의 손에 죽어간 신혈족이 부지기수다. 그런 자가 그 신혈족의 생존자를 자신의 수족으로 삼으려 하고 있으니 그 심성의 독함은 겪지 않아도 알 수 있었다.

"그런다 한들 형제자매를 죽인 자를 따를 신혈족이 있겠습니까?"

낭왕 준갈이 물었다.

"사람은 나약해. 감언이설로 꾀거나 혹은 친족을 들어 협박을 하면 따르지 않을 수 없지."

"우린 신혈족입니다."

준갈이 다부지게 말했다.

"신혈족이 뭐 어쨌다고? 신혈족도 결국 사람이야. 좀 특이하긴 하지만……."

"그래도……."

준갈은 신혈족에 대한 자부심이 강한 인물이었다.

"아무튼 나쁘지만은 않아."

적풍이 말했다.

"그렇지요. 결국 살아 있는 것은 살아 있는 것이니까요."

우마도 고개를 끄떡였다.

"그들을 찾고 있었나?"

적풍이 우마에게 물었다. 흑사회를 장악하고 있었던 우마다. 그 힘으로 신혈족 생존자들의 흔적을 찾고 있었을 것은 분명했다.

"그렇습니다."

우마가 대답했다.

"성과는?"

"아직은… 한 가지 확실한 것은 북두회가 터를 잡은 명화산에는 없다는 것입니다. 사실… 전 북두회 일곱 문파의 주인들이 그들의 존재에 대해 알고는 있는지도 의문입니다. 제가 가장 근접했던 문파는 혈궁이었는데 그들 중에 신혈족의 생존처를 아는 자가 없었습니다."

"혈궁 어디까지 접근했나?"

"일중귀란 자가 있습니다. 혈궁의 세 부궁주 중 하나인데 여색을 밝히지요. 야문의 도움을 받았습니다."

"야문이라. 그들은 믿을 만한가?"

"믿을 수 있습니다."

우마가 자신 있게 말했다.

"무슨 특별한 인연이라도 있나?"

적풍이 되묻자 우마가 머리를 긁적이며 말했다.

"야문의 문주는… 제 여잡니다."

"저런! 자네에게 그런 재주도 있었나?"

낭왕 준갈이 반은 놀리고 반은 놀란 듯 되물었다.

"그게 어디 재주로 되는 일이오?"

"아! 그런가? 하긴 남녀 간의 정은 말로 설명할 수 없지."

준갈이 고개를 끄떡였다.

"야문과 인연이 적지 않군."

적풍이 말했다.

"형님께도 많은 도움이 될 겁니다."

우마의 말에 적풍이 고개를 끄떡이는 문득 성벽 아래로 한 사내가 달려와 세 사람에게 소리쳤다.

"회주께서 찾으십니다!"

유령마군 사혼의 말을 전하는 사내의 얼굴이 벌겋게 상기되어 있다. 다급한 일이 생긴 것이 분명했다.

"무슨 일이냐?"

우마가 물었다.

"오대세가의 고수들이… 십자성으로 오고 있답니다!"

『십자성―전왕의 검』 3권에 계속…

초대형 24시 만화방

신간 100%, 샤워실, 흡연실, 수면실(침대석), 커플석, 세탁기 완비

▪ 강북 노원역점 ▪

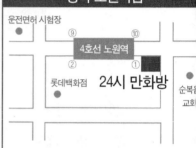

서울 노원구 상계동 340-6 노원역 1번 출구 앞 3층
02) 951-8324 (화용빌딩 3층)

▪ 일산 정발산역점 ▪

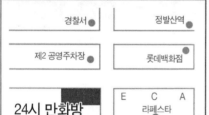

라페스타 E동 건너편 먹자골목 내 객잔건물 5층
031) 914-1957

▪ 일산 화정역점 ▪

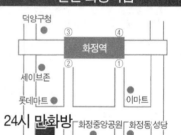

경기도 고양시 덕양구 화정동 984번지 서일빌딩 7층
031) 979-4874 (서일사우나 건물 7층)

▪ 부천 역곡역점 ▪

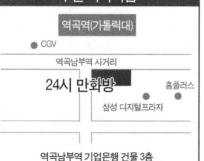

역곡남부역 기업은행 건물 3층
032) 665-5525

▪ 부평역점 ▪

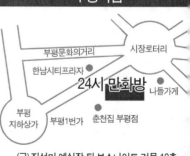

(구) 진선미 예식장 뒤 보스나이트 건물 10층
032) 522-2871

무경 新무협 판타지 소설

暗

암제귀환록

FANTASTIC ORIENTAL HEROES

마흔에 이르기도 전에 얻은 위명.
암제(暗帝).

무림맹의 충실한 칼날이었던 사내.
그가 무림맹 최후의 날에
모든 것을 후회하며 무릎을 꿇었다.

"만약 그때로 돌아갈 수 있다면……."

사내의 눈이 형용할 수 없는 빛을 토했다.

"혈교는 밤을 두려워하게 될 것이다!"

Book Publishing CHUNGEORAM

유행이 아닌 자유추구 -
WWW. chungeoram.com